DREAMBOOKS

DREAMBOOKS

DREAMBOOKS★

DREAMBOOKS★

정령의 펜던트

ORIGINAL FANTASY STORY & ADVENTURE

발렌 판타지 장편소설

dream books
드림북스

정령의 펜던트 6 아무것도 없었다

초판 1쇄 인쇄 2020년 4월 10일
초판 1쇄 발행 2020년 4월 27일

지은이 발렌
발행인 오영배
편집 편집부
일러스트 보살
만화 빅피
표지 · 본문 디자인 오정인
제작 조하늬

펴낸 곳 (주)삼양출판사 · 드림북스
주소 서울시 강북구 도봉로 173
대표 전화 02-980-2112 팩스 02-983-0660
편집부 전화 02-987-9393 팩스 02-980-2115
블로그 blog.naver.com/dreambookss
출판등록 1999년 3월 11일 제9-00046호

ISBN 979-11-283-9519-2 (04810) / 979-11-283-9513-0 (세트)

+ 이 도서의 국립중앙도서관 출판시도서목록(CIP)은 서지정보유통지원시스템홈페이지(http://seoji.nl.go.kr)와 국가자료종합목록 구축시스템(http://kolis-net.nl.go.kr)에서 이용하실 수 있습니다. (CIP제어번호 : CIP2020013377)

6
발렌 판타지 장편소설
ORIGINAL FANTASY STORY & ADVENTURE
◆ 아무것도 없었다 ◆
정령의 펜던트
dream books
드림북스

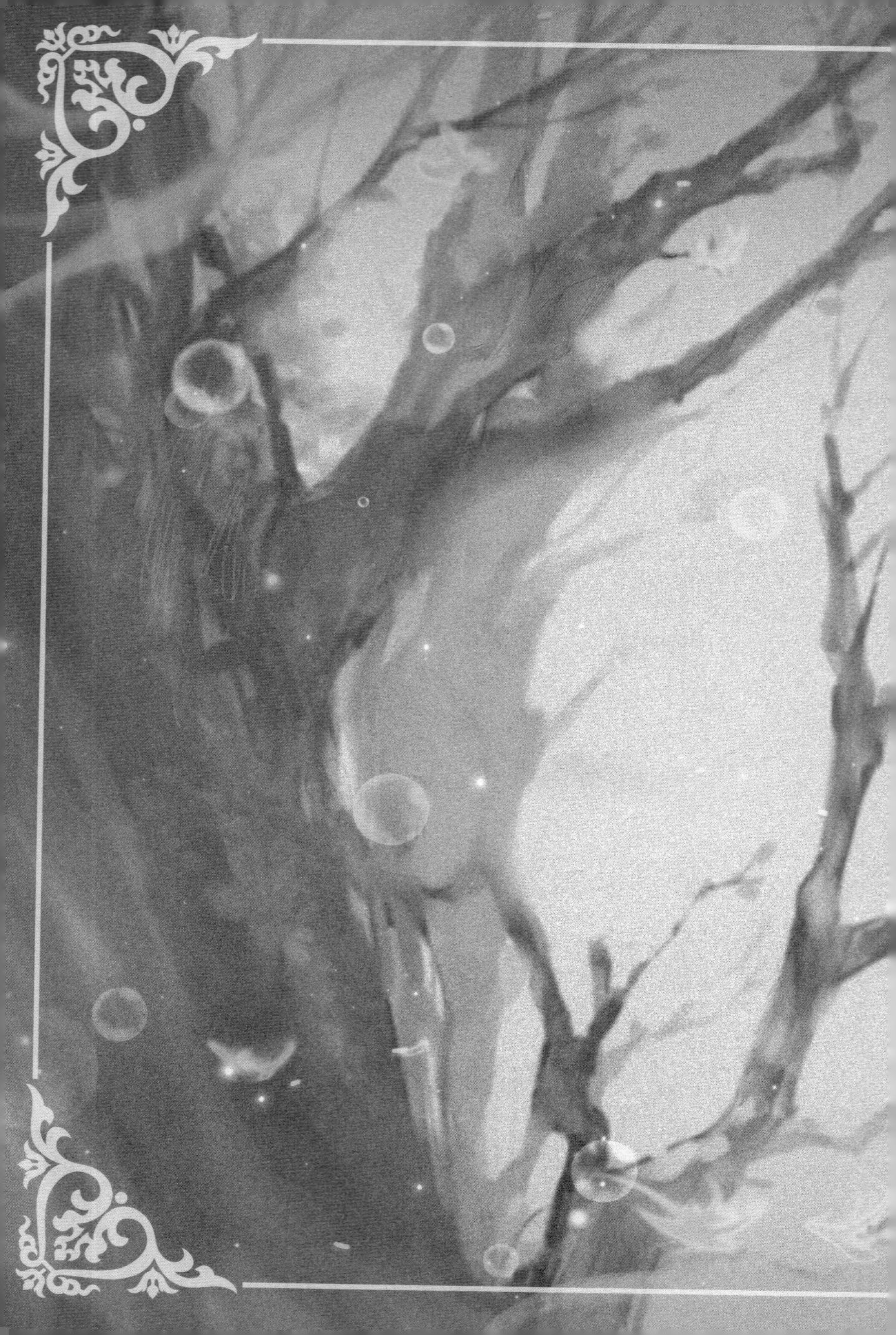

목차

Chapter 1.
저녁 식사

1.

바율이 아카데미로 떠날 때와 마찬가지로 해밀턴엔 여전히 많은 비가 내리고 있었다. 이제 막 무더위가 시작된 캐링스턴과 달리 쌀쌀하면서도 꿉꿉한 습기가 바율을 맞았다.

예전엔 비가 오면 무기력하게 날씨 탓만 했었다. 언제쯤이 비가 그칠까 고심만 했다. 하지만 지금은 모든 게 정령의 부재 때문임을 알고 있다.

'내가 바꿔야 해.'

이 이상한 기후를 정상적으로 되돌리는 것. 언젠가는 바율이 바로잡아야 할 문제이자, 반드시 이뤄야 할 목표였다.

"오셨습니까, 바율 도련님."

기차역을 나서자 본성에서 마중을 나온 이가 있었다.

"어맛! 조아나 집사님! 안녕하세요!"

해밀턴에 돌아왔다는 기쁨에 한껏 젖어 있던 리타가 반색하며 허리를 굽혀 인사했다.

조아나는 본성에서 일하는 집사 중 유일한 여집사로, 커닝의 뒤를 이어 차기 집사장으로 거론될 만큼 유능한 인재였다. 포근하고 다정한 인상의 그녀가 반가운 얼굴로 리타의 인사를 받으며 바율에게 말했다.

"마차를 대기시켜 놓았습니다. 빗줄기가 더 거세질 것 같으니 어서 가시지요."

조아나가 바율의 머리 위로 우산을 펼쳤다. 그녀를 따라 얼마쯤 걸어가자 익숙한 깃발이 걸린 사륜마차가 나타났다.

까만 방패에 별과 달이 수놓아진 청색의 깃발. 란데르트 공작가를 상징하는 문양이자, 가문의 직계가 타고 있다는 표시였다.

마중 나온 이들까지 합치니 일행의 수가 꽤 많았다. 어쩔 수 없이 데스 삼 형제와 리자이, 리바이 형제는 다른 마차를 타고 따라오기로 했다.

"날이 찹니다. 따뜻한 차를 준비했으니 드십시오."

마차에 오르자 조아나가 기다렸다는 듯 두툼한 담요와 온기가 서린 텀블러를 건넸다.

바율은 물론이고 리타와 이언 모두 얇은 반팔 차림이었다. 걸칠 만한 옷이 있었으면 좋겠다고 막 생각하는 찰나였는데, 그녀의 준비성에 내심 감탄했다.

"감사합니다, 조아나 집사님."

리타가 초롱초롱한 눈망울로 조아나를 바라보며 감사를 표했다. 모든 일을 완벽하게 해내는 조아나는 사실 본성에서 일하는 하녀들의 본보기이자 선망의 대상이었다. 리타 또한 그녀를 볼 때마다 '나도 꼭 저렇게 유능한 사람이 되어서 도련님을 더욱 잘 보필해야지' 라고 결심하고는 했다.

"현재 영주님께선 영지 시찰을 나가신 상태이십니다. 보시다시피 폭우가 계속되어 사건 사고가 끊이질 않아서요."

"많이 심각한가요?"

"인명 피해가 거의 없다는 게 신기할 정도입니다."

무너진 도로와 건물, 끊어진 다리와 간간이 일어나는 산사태. 물의 범람으로 해밀턴시는 실로 와해 직전이라 해도 과언이 아니었다.

"…그렇군요."

아버지의 근심이 얼마나 크실지 보지 않아도 알 것 같다.

내가 뭘 할 수 있을까?

변하기로 마음을 먹었으니, 할 수 있는 거라면 뭐든 해 볼 생각이었다.

“멀리 가진 않으셨으니, 아마 저녁 식사 전까지는 돌아오실 겁니다.”

오랜만의 부자 상봉이었다. 이미 주방에도 특별 만찬을 마련하라고 지시를 내렸다. 상황이 이러지만 않았어도 기꺼운 자리가 되었을 텐데, 날씨가 도와주지 않으니 안타까울 뿐이었다.

“근데 뒤의 마차에 탄 사람들은 누구인가요? 처음 보는 얼굴들이라서 말입니다.”

달리는 마차 뒤로 또 한 대의 마차가 쫓아오고 있었다. 조아나는 그 안의 데스 형제에 대해 묻는 것이다.

“아, 캐링스턴에서 지내며 고용한 하인들입니다.”

“해밀턴에 오고 싶어 해서 데려왔어요. 지금 한창 일을 배우는 중이기도 해서, 중간에 끊기는 것보다는 나을 것 같아서 그랬는데. 커닝 집사님에게 혼나는 건 아니겠죠?”

하인에 관한 인사권은 보통 커닝 집사의 소관이었다. 캐링스턴을 나설 때만 해도 아무 생각이 없었는데, 막상 해밀턴에 도착하고 나니 걱정이 든다.

“바율 도련님께서 결정하신 사항이니 커닝 집사님도 별 말씀 안 하실 거다. 다만 영주님께서 어떻게 처리하실지 모르겠구나.”

이제껏 본성에 외부인을 들인 적은 없었다. 다들 철저한 신분 확인을 통해 고용된 현지 사람들이었다.

“염려 마십시오. 공작 전하께선 반가워하실 겁니다.”

“……?”

이언의 단정적인 발언에 조아나는 물론 바율과 리타까지 의아한 표정을 지었다. 란데르트 공작이 하인을 반길 거라는 표현은 어딘지 이상했기 때문이다.

설마 일부러 그들 형제와 함께 가자고 하신 건가?

어쩐지 이언이 의도적으로 그들을 데려온 것 같다는 생각이 문득 바율을 사로잡았다.

“워! 워!”

그때, 갑자기 마부의 목소리와 함께 마차가 급히 멈춰 섰다. 아직 본성까지는 더 가야 했다. 마차가 정지할 하등의 이유가 없었다.

“무슨 일이죠?”

창밖을 살폈지만, 비가 거세게 내리치고 있어 바깥이 잘 보이지 않았다.

기차역에서도 이 정도는 아니었는데. 영지 시찰을 나가셨다는 아버지가 조금은 걱정스럽다.

“내려서 확인해 보고 오겠습니다.”

"함께 가지요."

"저도 나가 보겠습니다."

황급히 마차 밖으로 나서는 조아나에 이어 이언도 하차했다. 그 뒤를 바율이 따라 내리려는데, 조아나가 앞을 가로막으며 만류했다.

"안 됩니다. 그러다 감기라도 걸리시면 큰일이게요."

"아니……."

"본성에 돌아오신 첫날부터 침대로 바로 모시고 싶지 않습니다. 금방 돌아올 테니 기다려 주세요."

바율이 무어라 대꾸하기도 전 조아나가 단호하게 마차의 문을 닫았다.

'이런, 또다시 과잉보호의 시작인 건가. 이제 난 병자가 아닌데.'

잠시 잊고 있던 본성에서의 생활이 떠올라 바율은 절로 한숨이 새어 나왔다. 그 갑갑한 일상을 어떻게 견뎌 냈는지, 지금으로선 도저히 상상이 안 갔다.

"조아나 집사님의 말씀이 맞아요. 도련님께선 그냥 여기 계시는 게 여러모로 나을 거예요."

캐링스턴에선 크게 아픈 적이 없어 좀 나아지긴 했지만, 리타 역시 바율을 약골 취급하는 건 여전했다.

"흐음, 그런데 무슨 일일까요? 비가 너무 많이 와서 길이 망가지기라도 한 걸까요?"

"글쎄. 그럴 확률이 높긴 한데…… 별일 아니겠지. 곧 다시 출발할 수 있을 거야."

잔뜩 들떠 있던 리타가 시무룩한 얼굴을 하자 바율이 그녀를 안심시키며 몰래 이노센트에게 물었다.

'이노센트, 밖에 무슨 일이야?'

이노센트는 물의 정령답게 비 오는 날을 좋아했다. 지금도 마차 위에 올라앉아 실컷 비를 만끽하던 중이었다.

—사람들이 꽤 많이 몰려 있어.

'사람들?'

—응, 되게 시끄러워.

휴식을 방해받은 기분이라도 들었는지 이노센트의 말투가 뾰로통했다.

'무슨 일인지 가서 자세히 봐 줄래?'

—다리가…… 물에 잠겼다.

셰임이었다. 근처에 있던 셰임이 이노센트를 대신해 상황을 알려 주었다.

—그래서 다들 발이 묶였다고 난리가 났네. 쯧쯧.

혀를 차는 템페스타의 목소리도 들려왔다.

'혹시 다친 사람은 없어?'

—다들 짜증만 내고 있지, 아파하는 소리는 안 들리는데?

허공을 떠도는 사람들의 불평 소리에 템페스타가 본인이야말로 짜증이 난다는 듯 미간을 찌푸렸다.

그래도 다친 사람이 없다니 다행이었다.

"바울 도련님."

마침 이언과 조아나가 마차로 돌아왔다.

"어젯밤 근처에서 산사태가 있었는데, 계속되는 빗물 때문에 하천의 물줄기가 세지면서 잔여 나무와 토양 등이 함께 쓸려 내려온 모양입니다. 그것들이 다리 아래에 켜켜이 쌓이면서 물길을 막는 바람에 다리가 잠겨 버렸고요."

"해서 아무래도 길을 좀 돌아서 가야 할 것 같습니다."

"오전에 지나올 때만 해도 괜찮았는데. 미처 대비하지 못한 저의 실책입니다. 죄송합니다."

"이게 어째서 조아나 집사님의 잘못인가요? 아무도 그렇게 생각하지 않으니 사과하실 필요 없습니다."

"하지만……."

"그보다 길을 돌아가면 시간이 얼마나 걸리죠?"

"…아마 세 시간 정도 더 소요될 것 같습니다."

"헉! 세 시간이요?"

리타가 기함하며 털썩 등을 기댔다. 이십 여분이면 갈 거리를 세 시간이나 걸려서 가야 하다니, 참으로 비능률적이다.

"본성까지 다 와서 이게 뭐람."

녀석은 이제 거의 울기 직전이었다.

"다리를 복구할 방법은 없습니까?"

"…예?"

"이 길은 많은 영지민들이 오가는 길입니다. 이대로 두면 근처 마을에도 피해가 가지 않겠습니까? 이참에 다리를 수리하는 게 좋을 것 같습니다만."

"그거야 그렇지만…… 지금은 수리공이……."

없는데요, 라고 덧붙이려는 조아나를 지나쳐 바율이 벌컥 마차 문을 열고 내렸다.

"도, 도련님!"

조아나가 기겁하며 뛰어내렸지만 바율을 막을 순 없었다.

"직접 가서 보고 판단할게요."

물이 넘쳐서 벌어진 일이었다. 정령들의 힘을 빌리면 해결이 가능할 수도 있을지 모른다.

이 많은 사람을 남겨 두고 홀로 길을 돌아서 가는 건 아무리 생각해도 무책임하게 느껴졌다. 아버지라면 결코 그냥 지나치지 않으셨을 것이다.

할 수 있는 것은 해야 한다.

바율은 돌아오는 기차 안에서 스스로에게 한 약속을 지키고 싶었다.

조아나의 얼굴은 거의 사색이 되어 있었다.

도련님이 대체 왜 이러시지?

입은 다물고 있지만, 그녀의 표정이 모든 걸 말했다. 그 와중에도 바율의 머리에 우산을 씌우는 걸 보면 프로 정신이 대단하긴 했다.

"앗! 도, 도련님이시다!"

"엄마야! 진짜로 도련님이 오셨네!"

마차의 깃발을 알아본 영지민들이 너 나 할 것 없이 고개를 조아리며 바율에게 예를 올렸다. 다들 우산도 없이 비에 쫄딱 젖은 모습이 보기 안쓰러웠다.

바율은 어색한 눈웃음으로 그들의 인사를 받으며 다리 부근으로 향했다. 고맙게도 몰려 있던 영지민들이 빠르게 길을 터 주었다.

잠긴 다리는 다행히 돌로 만들어진 것이었다. 나무다리였으면 쓸려 내려온 것들과 부딪쳐 진작 무너졌을 것이다.

살펴보니, 듣던 대로 다리 밑의 물길이 막힌 것이 문제였다. 하천이 지나가야 할 곳을 엄한 것들이 차지한 탓에 이 사태가 난 것이다.

'이노센트.'

—엉? 왜?

'잠시 물줄기를 약하게 해 줄 수 있지?'

—그거야 간단하지. 지금 당장 해?

'아니, 이따가 내가 부탁하면.'

정령사라는 걸 공표하고 싶은 게 아니라면, 모든 건 순리대로 자연스럽게 이루어지는 것처럼 보여야 했다. 보는 눈들이 많기에 정령의 능력을 함부로 내보일 수 없었다.

'셰임, 셰임은 물줄기가 줄어들면 다리 밑을 막고 있는 나무와 흙더미들을 좀 치워 주세요.'

—나는? 나는 뭐 하면 되는데?

템페스타가 빨리 자기도 일을 시켜 달라고 허공에서 방방 뛰었다.

'템페스타에겐 제일 중요한 일을 맡길게.'

—오오, 뭔데?

—바율! 그게 무슨 말이야?

별안간 이노센트가 바율 앞으로 날아와 빽 소리를 질렀다. 녀석의 파란색 눈동자가 질투심으로 형형하게 타오르고 있었다.

—왜 재한테만 중요한 걸 맡겨? 나는! 나한테는 왜 안 맡기는데!

—아이 씨, 귀청 떨어지겠네. 야, 시끄러워!

템페스타도 질세라 버럭 고함을 질러 댔다.

'저기, 둘 다 진정 좀 해 줄래? 지금은 그럴 상황이 아니

야. 빨리 여기를 해결하지 않으면…….'

당황한 바율이 둘을 말려 보려고 했지만 소용없었다. 둘은 앙숙임을 증명이라도 하고 싶었는지, 본격적으로 서로를 향한 비방과 모욕을 주고받았다.

흥분한 둘 덕분에 하천의 수위가 더욱 부풀어 위험한 지경에 이르렀고, 더불어 갑작스럽게 광풍까지 몰아닥쳤다.

"앗!"

우산이 뒤집히며 바율도 금세 비에 홀딱 젖은 신세가 되고 말았다.

"죄, 죄송합니다."

조아나가 급히 우산을 다시 펴 보려 노력했지만, 우산살이 휘어졌는지 마음대로 되지가 않았다.

"무슨 일이지?"

그때 뒤에서 불쑥 데스가 나타났다. 비바람에 다들 서 있기조차 힘든 상황이거늘, 그는 아무 일 없다는 듯 평온해 보였다.

"형님, 다리가 물에 잠겨서 길이 끊겼습니다."

어느새 바르와 아몬도 다가와 있었다. 궂은 날씨 속에도 평안해 보이는 건 그들 역시 마찬가지였다.

"아, 그래서 인간들이 이렇게 몰려 있는 것이로군요. 딱한 일입니다."

이런 열악한 환경에서도 아몬의 예민한 감각은 빛을 발했다. 그가 감긴 눈으로 걱정하듯 사람들을 바라보았다. 그의 네모난 안경알에는 빗방울이 촘촘히 맺혀 있었다.

"길은 여기 하나뿐인가?"

"돌아가는 길이 있기는 한데, 세 시간 정도 걸린다는군."

데스의 의문을 해결해 준 건 이언이었다. 그가 다리 주변을 살피고 나서 일행 곁으로 돌아왔다.

"평소 세 시간 걸릴 거리면, 이런 빗길에선 더 걸릴 수도 있겠는데."

데스가 뭔가를 생각하는 듯하더니 뜬금없이 동생들을 불렀다.

"바르, 아몬."

"네, 형님."

"너희가 들어가야겠다."

"…예? 어디를요?"

"어디긴 어디야, 저 아래쪽이지."

데스가 말하는 곳은 다리 밑이었다. 지금은 불어난 물에 가려져 제대로 보이지도 않는 그곳을 가리키며, 그가 동생들에게 담담히 명령했다.

"아, 저 막힌 것들을 치우라는 말씀입니까?"

"그래야 길이 생길 것 같거든."

"옙, 알겠습니다!"

"자, 잠깐만요!"

형제들 간의 대화를 멍하니 듣고 있던 바율은 깜짝 놀라 그들을 불러 세웠다.

"지금 들어가면 위험해요! 물살이 세서 떠밀려 갈 거라고요!"

뿐인가. 물속에 잠긴 것들을 치워 내는 데만도 엄청난 힘이 필요할 것이다. 그걸 저 둘이서 한다는 건 말이 안 되었다. 하물며 바르는 외팔이에 아몬은 앞을 보지 못하는 장님이었다. 실생활에 불편함이 없어 보여 자주 그 사실을 까먹는 게 문제이긴 하나, 어쨌든 그들을 사지로 내몰 수는 없었다.

"의욕은 알겠다만 함부로 움직이지 말게. 그러다 큰일이라도 생기면 어쩌려고 그러나!"

이언도 어이가 없었는지 큰 소리로 바르와 아몬을 말렸다.

"응? 이게 여기선 위험한 일인가?"

"…아무래도 그런 모양인데요."

"어떡하지요, 형님?"

바르가 멀쩡한 한쪽 팔로 곤란하다는 듯 목덜미를 긁적일 때였다.

쑤아아앙!

이노센트와 싸우다 화가 머리끝까지 치솟은 템페스타가 이전보다 더한 강풍으로 자신의 분노를 드러냈다.

—이 물귀신 같은 게 누구보고 진상이래?

—그럼 네가 진상이지, 아니냐? 옛날 일 끄집어서 바율을 괴롭힌 게 누군데! 그리고 나처럼 예쁜 물귀신 본 적 있어? 이 소심한 멍텅구리 바람 자식아!

좌아아아!

이노센트가 일갈하자 하천의 물길이 거세지며 급기야 둑을 넘어 인근 사람들의 발목까지 넘실거렸다.

"아빠아아!"

그 충격으로 다섯 살쯤 되어 보이는 여자아이가 휘청하며 부모의 손을 놓쳤다. 가벼운 아이의 몸은 흡사 종잇장과도 같았다. 아이가 비명을 지르며 공중으로 솟았다.

"이언! 아이를……!"

바율은 이언에게 아이를 부탁한다고 소리치던 참이었다. 이언 또한 아이를 구하기 위해 막 나서려던 찰나였다.

하지만 그보다 빠른 이가 있었으니, 데스였다.

"잡았다!"

방금 전까지만 해도 바율 옆에 있던 데스가 어느 틈엔가 이동해 날아가는 아이를 낚아챈 것이다.

너무 빨라서 제대로 보지도 못했다. 느낌상으론 눈을 한 번 감았다 뜨고 나니 아이가 데스의 품에 안겨 있었다.

"아이고, 감사합니다! 감사합니다!"

아이의 아빠가 황급히 자식을 받아들더니 몇 번이고 허리를 숙여 데스에게 고마움을 전했다. 데스가 아니면 큰일 날 뻔했다. 사내뿐 아니라 주변의 모두가 가슴을 쓸어내렸다.

'훗, 이 값은 아고스에게 받아 내도록 하지.'

돌아서는 데스의 입가에 잠시 잠깐 미소가 걸렸지만, 몰아치는 비바람에 이를 목격한 이는 없었다.

'셰임! 미안하지만 오늘도 셰임에게 부탁해야 할 것 같아요!'

아이를 보고 나니 퍼뜩 정신이 들었다. 여기서 지체했다간 더 큰 사달이 날 수도 있다. 원래의 계획대로라면 이노센트가 물의 세기를 약하게 한 틈을 타 사람들과 함께 물밑으로 내려가 가로막고 있는 것들을 치울 생각이었다.

그때 셰임이 눈치껏 일행을 돕고, 템페스타는 바람을 일으켜 지켜보는 사람들의 시야를 차단하는 것이 바율이 생각한 바였다.

즉, 자연스럽게 모두가 힘을 합쳐 작금의 사태를 해결했다고 착각하게 만들려는 의도였다.

그러나 계획을 실행하기는커녕, 정령들에게 설명하기도 전 이노센트와 템페스타가 싸움을 벌인 탓에 모든 게 틀어졌다.

둘의 환상적인 콜라보로 비바람이 더욱 세게 몰아치고 있으니 지금은 아무도 신경 쓰지 못할 것이다. 공교롭게도 어찌 되었든 소기의 목적은 달성한 셈이었다.

—너무 마음 쓰지 말아라…….

셰임은 이노센트와 템페스타 때문에 감정이 상한 바율에게 위로를 건넨 뒤 움직였다.

꽈앙!

하천 상류에서 커다란 바위 하나가 떠밀려 내려와 다리 밑에서 크게 충돌하는 소리가 들렸다.

우지끈!

그 충격에 막힘의 주축이 되던 나무가 부러지는 소리가 멀리까지 울렸다.

그다음은 일사천리였다. 부러진 나무를 밀어내며 바위가 다리 밑을 통과하자 구멍이 생겼고, 그 구멍 속으로 남은 쓰레기 더미와 하천의 물이 사정없이 흘러들었다.

"우, 우와!"

아무도 예상하지 못한, 기적과도 같은 일이었다. 잠겨 있던 다리가 모습을 드러내자 비바람 속에서도 사람들이

환호했다. 꼼짝없이 발이 묶이는 줄 알았는데 움직일 수 있게 된 것에, 하늘이 도왔다며 엎드려 절을 하는 이도 있었다.

"앗, 바람도 줄었어!"

"빗줄기도 약해졌는데?"

때마침 약속이라도 한 듯 비바람이 잦아들었다. 물론 어디까지나 이노센트와 템페스타의 싸움이 시작되기 이전의 상태로 돌아갔을 뿐, 거센 빗줄기는 여전했다.

'셰임, 정말 고마워요…… 응? 뭐지?'

셰임에게 막 고마움을 전달하던 바율은 의아함에 이노센트와 템페스타를 살폈다. 여전히 그들은 막말을 주고받으며 싸우고 있었는데, 어쩐지 둘 다 지친 기색이 역력했다. 일전에 이노센트가 방목장에서 비를 내리고 탈진했던 때와 비슷했다.

서로 다투면서 심력을 너무 소진한 건가?

악을 써 대며 강한 비바람을 만들어 냈으니 왠지 그럴 수도 있겠다는 생각이 들었다.

'…셰임?'

그런데 어째서일까. 갑자기 셰임도 심상치가 않다. 그 역시 확연하게 기운이 약해진 것이 느껴졌다. 조금 전 큰일을 해내긴 했지만, 이렇게까지 기운이 소모될 리가 없다. 연

날리기 대회에서 템페스타의 만행을 막아 내고도 멀쩡하던 셰임이질 않은가.

캐링스턴에선 기운이 넘쳐 나던 정령들이 돌연 약해진 이유가 무엇인지 바율로선 이해가 안 갔다.

"도련님! 바율 도련님!"

상념에 젖은 바율을 깨운 건 조아나 집사였다. 그녀가 망가진 우산을 손에 든 채 바율을 재촉했다.

"몸이 더 차갑게 식기 전에 어서 마차에 올라타셔야 합니다! 이러다 오늘 밤 크게 앓기라도 하시면, 제가 영주님을 뵐 면목이 없습니다!"

"도련님, 얼른 오세요!"

마차 창밖으로 고개를 내민 채 리타가 부르는 소리도 들렸다. 어느덧 데스 형제들도 그들의 마차로 돌아가고 있었다.

"…네, 가죠."

연유를 파악하는 것도 중요하지만, 우선은 조아나의 뜻에 따라 주는 것이 먼저였다.

무슨 이유일까.

바율은 근심을 숨긴 채 서둘러 마차에 올랐다.

2.

“컹! 컹컹! 컹컹컹!”

바율이 본성에 입성하자마자 재스퍼가 달려왔다. 제 주인이 올 것을 알고 아침부터 지금까지 본관 정문 홀 앞에 몸을 납작 엎드리고는 꼼짝도 하지 않고 문만 쳐다보던 녀석이었다.

수개월 만에 이루어진 재회였지만, 바율도 재스퍼도 서로를 한시도 잊지 않았다. 달려드는 재스퍼를 그대로 안은 채 바율이 대리석 바닥을 뒹굴었다.

“그래, 그래! 나도 보고 싶었어!”

재스퍼가 바율의 얼굴을 구석구석 핥아 댔다. 그러면서도 흥분을 주체하지 못해 울음을 토하며 오두방정을 떨었다.

“바율 도련님, 그렇게 젖은 채로 찬 바닥에 머무시면 안 됩니다. 어서 일어나시는 게…….”

조아나가 여러 차례 제지해 보려고 했으나, 누구도 재스퍼를 막을 순 없었다. 강아지 시절부터 바율과 떨어져 지내본 적이 없던 재스퍼였다. 녀석에게는 지금이 어느 때보다 감격적인 순간이었다.

“칫, 재스퍼! 나는 안 보이니?”

재스퍼에게 자신이 2순위라는 건 진즉 알고 있었지만, 막상 상황이 닥치니 서운하기 짝이 없다. 리타가 토라진 음성을 발하자 드디어 안정을 찾기 시작한 재스퍼의 두 귀가 쫑긋 세워졌다.

"컹컹!"

"그래, 나도 왔다! 이제 봤니?"

"컹컹컹컹!"

재스퍼가 변명이라도 하듯 짖어 대며 리타에게 안겼다. 그녀의 얼굴도 곧 바율처럼 재스퍼의 침으로 범벅이 되었다.

"재스퍼, 나 안경 썼잖아! 침 좀 그만 발라!"

리타의 투덜거림에도 재스퍼는 아랑곳하지 않았다. 리타 역시 그저 말이 그러할 뿐, 온몸으로 기쁨을 표출하고 있었다.

"이제 오십니까, 바율 도련님."

바율과 리타가 재스퍼와 격한 해후를 나누는 사이, 커닝 집사를 비롯한 성의 하인과 하녀들이 모두 나와 바율에게 예를 올렸다.

본성을 떠나 멀리 가본 적이 없었던 바율이기에 이런 식의 단체 인사를 받는 건 처음이었다. 아버지가 황궁에서 돌아오실 때마다 보기만 했던 것을 직접 체험하고 있으니 기분이 묘했다.

"커닝 집사님, 오랜만입니다."

어쩐지 감개가 무량하다. 고작 몇 개월 떠나 있었을 뿐인데, 심적으로는 수년 만에 돌아온 듯한 느낌이었다. 방학으로 얻어진 잠시간의 시간이 이렇게 소중할 수가 없다.

"그간 잘 지내셨죠?"

"저야 늘 바쁘게 잘 지내지요. 도련님의 얼굴이 좋아지신 듯해 무척이나 다행입니다."

감회에 서린 눈빛으로 홀을 둘러보는 바율을 커닝 집사가 오묘한 눈길로 바라보았다.

어딘지 분위기가 달라지셨다. 외양적으로 바뀐 것은 전혀 없는데, 풍기는 기세라고 할까? 느껴지는 분위기가 전보다 훨씬 안정적이고 여유가 있어 보인다.

아카데미에 잘 적응하셨다는 건 공작 전하를 통해 들어 알고는 있었지만, 기대 이상이었다. 흡사 바일 도련님을 보는 듯한 착각마저 들 정도였다.

"도련님, 이거 두르세요."

리타가 새 담요를 하녀에게 건네받아 바율의 몸에 둘렀다. 다리를 건널 때에 비하면 양호하지만, 아직 바율의 몸은 젖은 상태였다.

담요는 이언과 데스, 그리고 그의 두 동생에게도 전해졌다. 리자이, 리바이 형제는 실내로 들어서기 전, 짧게 인사만 하고는 성이 아닌 다른 곳으로 이동했다. 아마도 그들과는 캐링스턴으로 돌아갈 때나 다시 볼 수 있을 것 같았다.

"한데 저들은 누구입니까?"

역시나 커닝 집사도 데스 형제를 그냥 지나치지 않았다. 을씨년스럽게 생긴 세 형제를 향한 그의 눈매가 날카롭게 번뜩였다.

"아, 커닝 집사님. 저들이 누구냐면요."

리타가 막 설명을 하려는 순간, 재스퍼가 갑자기 컹컹 짖기 시작했다. 그리고 홀의 정문이 열리며 본성의 주인, 란데르트 공작이 들어섰다.

"영주님, 오셨습니까."

커닝 집사가 예를 갖춰 인사를 올리자 도열해 있던 이들이 좀 전보다 더욱 깍듯한 몸가짐으로 공작을 향해 인사했다. 바율은 그들의 태도에서 아버지에 대한 존경심을 느낄 수 있었다.

"컹컹! 컹컹!"

재스퍼가 바율 옆에 궁둥이를 붙이고 앉아서는 컹컹거렸다.

"녀석, 그리 좋으냐?"

그런 재스퍼를 바라보는 란데르트 공작의 입가에 슬며시 미소가 피었다.

'아버지……?'

실로 오랜만에 마주하는 아버지의 미소에 바율은 당황했다. 아버지가 자신 앞에서 웃으셨던 게 언제인지 기억도 나지 않는다. 볼을 꼬집어서 꿈인지 현실인지 판별이라도 해야 할 것 같았다.

"오느라 고생했다. 저녁 식사 시간을 맞춘다고 서둘러서 오긴 왔는데, 아비가 늦은 건 아니겠지?"

"…저도 방금 왔는걸요."

"그래, 따듯한 음식으로 몸 좀 녹이자꾸나. 잘 왔다, 내 아들."

란데르트 공작이 아들의 복귀를 환영하며 그 어느 때보다 환하게 웃었다.

3.

식당에는 오랜만에 성대한 만찬이 차려졌다.

거듭된 홍수로 인하여 농작물의 피해가 막심하다. 해서 란데르트 공작의 명으로 간소한 상차림이 식탁에 오른 지 꽤 된 터였다.

도당의 귀족들이 보았다면 이걸 먹으라고 내온 거냐며

진노를 하고도 남을 정도로 소박한 수준이었지만, 공작은 더 줄이라고 명할지언정 불평한 적은 단 한 번도 없었다.

하지만 오늘은 아들이 돌아온 날이었다. 기쁜 날에는 맛있는 음식이 빠질 수 없는 노릇. 오늘만큼은 두 부자만이 아니라 성의 모든 식구가 포식하는 날이었다.

"…뭐가 많네요."

아버지를 따라 단출한 식사를 즐겨 하던 바율인지라 풍성하게 차려진 음식들을 보니 영 어색했다. 황궁과 라예가르 이사장님 댁에 비하자면 굉장히 약소했지만, 장소가 장소이니만큼 신경이 꽤 쓰였다.

"가끔은 이런 날도 있어야 사는 맛이 있는 거란다."

란데르트 공작이라고 아들이 당황한 이유를 모르지 않았다. 그러나 그는 그저 맛있게 먹으라는 말만 하고는 먼저 식사를 시작했다.

오늘의 식사 자리엔 공작과 바율, 단 두 사람뿐이었다. 재스퍼가 바율과 죽어도 떨어지지 않으려고 고집을 피우는 바람에 녀석만은 예외였다. 재스퍼는 예전처럼 바율의 발밑을 보금자리 삼아 엎드려서는 육포를 질겅질겅 씹고 있었다.

"이렇게 너와 저녁을 먹는 것도 참 오랜만이구나."

"…네."

2년 전 바일이 죽은 이후로 두 부자는 식사를 같이한 적이 없었다.

“앞으로는 종종 시간을 갖도록 하자.”

“……!”

오늘의 아버지는 어딘지 많이 달라지신 느낌이었다. 여전히 무뚝뚝한 표정이 대부분이셨지만, 언뜻언뜻 다정한 기색이 묻어 나왔다.

공작 딴에는 돌아온 아들이 고맙고 반가워서 기뻐하는 것이었는데, 갑작스러운 아버지의 변화에 바율은 약간의 혼란에 빠졌다.

혹시 나처럼 노력해 보시기로 하신 건가?

바율에겐 아버지와의 관계 개선이 이번 방학의 주된 과제였다. 어쩌면 아버지도 자신과 같은 생각이실지 모른다.

‘그런 거라면 너무나 좋을 텐데…….’

“내리 기차를 타고 오느라 힘들었을 터인데, 몸은 어떠하냐?”

란데르트 공작이 와인으로 목을 축이며 아들을 지그시 바라봤다. 외견상으론 정상인 듯 보이나 바율은 어려서부터 허약한 체질이었다. 아카데미 편입 후 얼마 되지 않아 녀석이 기절했다는 소식을 전해 들었을 땐 순간 눈앞이 노래지기도 했다. 커서 무엇이 되었든 바율이 건강해지기만

한다면 공작은 무슨 짓이든 할 수 있었다.

"저, 아버지. 이런 말이 이상하게 들리실 수도 있을 것 같은데요……."

물음에 답은 않고 바율이 엉뚱한 말을 내뱉자 란데르트 공작의 눈빛이 신중해졌다. 아들에게서 무슨 얘기가 튀어나올지 내심 염려스럽다.

"바그너 사제님 말씀이 제게서 친화력이 느껴진다고 하셨습니다."

"…친화력?"

이미 서찰을 통해 알고 있었지만, 공작은 짐짓 모른 척 되물었다.

"네, 어찌 된 영문인지는 모르겠지만 절망의 신, 데스페라티오에 대한 친화력입니다."

"여기 전쟁의 신, 아고스가 아니고 말이지?"

"네."

이상한 일이라면 이상한 일이었다. 해밀턴에서 나고 자란 바율이 타 지역에서 섬기는 신과의 친화력을 지녔다니. 누구라도 선뜻 이해하기가 쉽지 않을 것이다.

심지어 바율은 어린 시절부터 아픈 몸 때문에 전쟁의 신 사제들로부터 엄청난 양의 신성력을 받아 왔었다. 절망의 신이 아니라 전쟁의 신과의 친화력이라면 외려 말이 될 것이다.

"절망의 신전엔 두어 차례 가 본 것이 다인데, 참 기이한 일이죠?"

"…우리가 신의 뜻을 다 알 수는 없겠지."

"신의 뜻이요……?"

"모든 일에는 이유가 따라오기 마련이란다. 어쩌면 그 신전이 너와 어떤 깊은 연관이 있는 게 아닐까 싶구나."

그게 무엇인지는 앞으로 바율이 알아내야 할 것이다. 단순히 왜 이런 일이 생겼을까, 고민만 하던 바율에게 어떤 이유가 있을 거라는 아버지의 말씀은 새롭게 와닿았다.

"…어쨌든 제가 드리려던 말씀은 친화력 때문에 몸이 좋아졌다는 겁니다. 바그너 사제님 말씀이 친화력은 그 자체로 사람의 몸을 보해 준다고 하더군요."

"신관이 아니어도 말이냐?"

"네, 그래서 요즘은 따로 치료를 받지 않고 있습니다. 이따금씩 검진을 해 주시기는 하는데, 그때마다 이상이 없다고 하셨습니다."

듣던 중 반가운 소리가 아닐 수 없다. 치료가 없이도 버틸 수 있다는 건, 곧 정상인처럼 건강하게 살 수 있다는 뜻이질 않은가.

바그너 사제의 편지를 받고 이상한 일이라며 찜찜하게만 여겼거늘, 도리어 기뻐해야 할 일이었다.

"잘되었다! 잘되었어! 바율, 네 말처럼 캐링스턴에 가기를 정말 잘했구나!"

준비도 되지 않은 녀석을 억지로 내몬 것 같아 내심 마음이 쓰였는데, 이젠 그러지 않아도 될 것 같다. 좋은 친구들을 만나 성장하는 것으로도 모자라 건강까지 회복하고 있으니, 세상에 이보다 더한 경사가 없었다.

"모두 아버지 덕분입니다. 감사합니다."

진심으로 기뻐하시는 아버지의 모습을 보니 바율은 괜스레 코끝이 찡했다. 바일의 죽음으로 소원해진 부자 사이지만, 아버지의 마음이 완전히 돌아서 버린 것은 아님을 확인할 수 있어서 가슴이 벅찼다.

"아카데미에서 생활하는 데 그 외의 별다른 어려움은 없느냐? 필요한 것이 있으면 뭐든 이야기해 보거라."

"따로 특별히 필요한 것은 없습니다. 기숙사 시설도 굉장히 좋은 편이고, 작은아버지께서 마련해 주신 캐링스턴 저택의 살림도 리타가 아주 잘 해내고 있거든요. 이언 경도 옆에서 잘 챙겨 주시고요."

"리암은 지금 황도에 가 있다. 그 녀석이 네가 온 것을 알면 좋아했을 텐데."

"폐하의 결혼식 때문이겠지요?"

"그렇다. 조만간 이 아비도 결혼식 참석을 위해 해밀턴을 떠나야 한다."

마음이야 방학 내내 바율과 함께 지내고 싶었지만, 황제의 결혼식에 란데르트 공작이 빠지는 건 말이 안 되었다.

"로티어스 교수님도 참석하실까요?"

"…제인에게 들은 것이냐?"

"네, 린데만 황태자 전하께서 먼저 일러 주셨습니다."

"그랬구나. 네가 안다고 해서 딱히 달라질 것은 없으니 모르는 게 나을 거라고 여겼다. 녀석이 원체 자유스러운 영혼의 소유자라서 말이지."

"아버지를 많이 따랐다고 하시더군요. 귀찮아하실 정도로……."

"훗, 그랬지. 검술에는 소질도 없으면서 어찌나 그렇게 궁금한 것들이 많던지. 한 번은 화를 낸 적도 있었다."

아버지가 누군가에 대해 이토록 친밀하게 말씀하시는 모습은 거의 본 적이 없었다. 그래선지 왠지 낯설다. 하지만 그만큼 교수님과의 사이가 각별하다는 뜻일 것이다. 그래서 교수님을 믿고 자신을 캐링스턴으로 보내신 것이고.

그러고 보면 캐링스턴이 고향인 이언까지 수행 기사로 붙여 주셨다. 이제 보니 아버지의 과보호 속에 있었다고 해도 과언이 아니었다.

'이 모든 걸 이제야 깨닫다니…….'

자신의 무지함에 바율은 그저 한탄스러웠다.

“참, 이번에 블랙이란 개는 데려오지 않은 것이냐?”

일전에 황궁에서 들었던 재미난 일화를 공작은 아직 기억하고 있었다. 함께 올 거라고 생각했는데, 녀석이 없어서 내심 아쉽기까지 하다.

“아, 블랙이 이상하게 어느 순간부터 보이지 않더라고요.”

“보이지가 않아? 그게 무슨 소리지?”

“원래부터가 멋대로 왔다 갔다 하던 녀석이거든요. 먹성이 좋아서 주말마다 따라와 주방을 거덜 내고는 했는데, 어디 다른 좋은 곳이라도 생겼나 봐요.”

“그것참 섭섭한 일이구나. 어떻게 생겨 먹은 녀석인지 궁금하던 참인데…….”

“컹! 컹컹컹!”

다른 개에 대해 얘기를 하는 것이 마음에 들지 않았던 것일까? 조용히 바율의 발아래를 지키고 있던 재스퍼가 별안간 일어나 짖기 시작했다.

“컹컹!”

녀석의 그런 태도는 마치 두 부자에게 따지기라도 하는 것 같았다.

“재스퍼, 알았으니까 조용히 해. 식사 자리에선 떠드는 것 아니라고 내가 그랬지?”

"컹!"

"쉿, 말 들어."

바율의 엄한 음성에 낑낑거리며 재스퍼가 다시 얌전히 몸을 뉘었다. 란데르트 공작을 대할 때와는 천지 차이였다.

저토록 아들의 말은 잘 듣는 녀석이 자신의 말은 육포를 대령해야만 들으니. 영악하다고 해야 할지, 주인밖에 모르는 바보라고 해야 할지 판단이 서질 않는다.

"잘했어, 재스퍼."

바율이 칭찬하며 머리를 쓰다듬자 재스퍼의 꼬리가 세차게 팔랑거렸다.

"재스퍼, 고기 한 점 줄까?"

란데르트 공작이 선심을 쓰듯 제안했다. 식사 시간 때면 떠나고 없는 바율을 대신해서 가끔 이런 특혜를 주고는 했었다.

"…재스퍼?"

하지만 웬일로 재스퍼가 잠잠했다. 평소라면 당장 뛰어와 고기를 낚아챘을 녀석이 당최 움직이지를 않는다.

"설마, 바율의 허락이 필요한 것이냐?"

"컹!"

공작의 물음에 그렇다는 듯 재스퍼가 컹 하고 짖었다.

"못 말릴 녀석이로군."

어떻게 만든 관계인데, 아들이 오고는 말짱 헛것이 되고 말았다. 배신감이 이루 말할 수가 없다.

"재스퍼, 고기 먹고 싶어?"

"컹!"

"그럼 가서 먹어. 아버지가 주시는 거니까 괜찮아."

재스퍼는 강아지 시절부터 가드견으로 훈련받았다. 그래서 바율의 허락이 떨어지지 않으면 그 어느 것도 절대로 먹지 않는다. 녀석은 바율에게 최고의 친구이면서, 그를 최측근에서 보좌하는 호위이기도 했다.

"쩝쩝!"

바율의 명이 떨어지기가 무섭게 재스퍼가 공작에게로 달려가 고기를 입에 물었다. 그러곤 바율 곁으로 돌아와 육포보다도 맛있게 잘근잘근 씹어 먹었다.

"제가 없는 사이에 재스퍼와 많이 친해지신 것 같아요."

"아비가 어떤 노력을 했는지 들으면 아마 놀랄 것이다."

"감사합니다, 아버지."

한때 바율에겐 재스퍼가 전부였던 시절도 있었다. 바일이 떠난 빈자리를 녀석 때문에 견딜 수 있었다. 안 그래도 바쁘실 텐데 재스퍼까지 돌봐 주셨다니 가슴이 더 따뜻해진다.

그래서일까.

바율은 어쩐지 용기가 생겼다. 지금이라면 어머니에 대해 답해 주실지도 모른다는 생각이 문득 들었다.

"저, 여쭤보고 싶은 것이 있습니다."

바율은 눈을 한 번 질끈 감았다 뜨고 운을 뗐다.

"그래, 물어보거라."

무엇이든 말하라는 듯 공작이 미소를 머금고 아들을 응시했다.

오랜만에 보는 아버지의 저 따사로운 미소.

'어머니에 대해 진짜로 물어도 되는 걸까? 지금의 좋은 분위기를 내가 망치면 어떡하지?'

아버지의 눈빛을 마주하니 불현듯 두려운 마음이 들었다. 또다시 차가운 표정의 아버지를 보게 될까 봐 더럭 겁이 났다.

"그, 그게……."

입이 떨어지지가 않는다. 즐거운 식사 자리를 엉망으로 마무리하고 싶지 않다.

'맞아, 아직 시간은 많으니까…….'

집으로 돌아온 첫날부터 아버지의 심기를 어지럽혀서 좋을 건 없었다. 아버지와의 친밀감을 좀 더 쌓은 후에 물어도 늦지 않을 것이다.

"바율?"

"…체스요!"

"체스……?"

"네, 오랜만에 체스 한 게임 하실래요?"

바일 없이 처음으로 하는 둘만의 게임이었다.

"난 또 뭐라고."

란데르트 공작이 싱거운 웃음을 삼키며 기꺼이 답했다.

"그래, 그러자꾸나. 자레드 녀석을 이긴 네 실력을 직접 내 눈으로 확인해 봐야겠다!"

Chapter 2.

각자의 사명감

1.

"어머, 어머! 오늘 영주님 표정 봤니?"

"세상에, 웃고 계셨어! 완전 예술! 나 심장 떨어지는 줄 알았잖아!"

식당 서빙을 마치고 주방으로 돌아온 에슬린과 타니아가 발을 동동 구르며 요란을 떨었다.

"나 영주님 웃으시는 거 오늘 처음 본 거 있지? 그 과묵하신 분이 어쩜 그렇게 웃으실 수 있어?"

"아아, 평생 잊지 못할 거야."

타니아가 꿈꾸는 듯한 표정을 지으며 제자리를 빙그르 돌았다. 그녀는 거의 뒤로 넘어가기 직전이었다.

"거기 둘!"

그때 그녀들의 환상을 깨뜨리는 쇳소리가 쩌렁하게 주방을 울렸다.

"모두 정신없이 바쁜 것 보이지 않느냐? 주방이 난장판인데 한가롭게 떠들 시간이 어디 있어!"

"앗, 네! 죄송합니다!"

"거기 서서 잡담할 시간 있으면 가서 설거지라도 거들어라!"

오래간만의 만찬 준비로 주방은 가히 전쟁터를 방불케 했다. 불 위에서는 쉬지 않고 새 요리가 만들어지고, 한쪽에선 대량의 재료를 손질하고 다듬기에 여념이 없었다. 설거짓거리가 평소의 수십 배로 늘어난 탓에 원래 주방에서 일하던 일꾼이 아닌, 타 구역의 하인들 도움까지 받는 실정이었다.

"피, 호슈에 아줌마. 차별이 너무 심한 거 아니에요?"

"차별?"

"네. 리타는 왜 편안하게 앉아서 밥 먹는 건데요? 재는 뭐 저희랑 다른 귀족인가요?"

에슬린은 즉시 잘못을 인정한 반면, 타니아는 입술을 삐죽이며 불만을 드러냈다.

"배고픈 건 우리도 똑같다고요. 안 그러니, 에슬린?"

그들은 높으신 분들의 식사가 끝나야 끼니를 해결할 수 있었다. 먹음직스러운 음식들을 눈으로 구경만 하며 일하는 것도 서러운데, 리타는 쉬다 못해 아예 자리를 잡고 식사까지 하고 있으니, 타니아는 배알이 꼴리다 못해 뒤틀리는 것만 같았다.

"리타는 이제 막 도착했다. 타지에서 몇 개월이나 홀로 도련님을 보필하며 고생하다가 왔는데, 본성에 오자마자 일을 하라는 거니?"

"핫! 그게 왜 고생이에요?"

"타니아, 그만해……."

"아니, 내 말이 맞잖아. 수개월씩이나 도련님을 독차지하고 돌아왔는데 그게 왜 고생이냐고! 덕택에 캐링스턴까지 구경하고 좀 좋았겠어?"

타니아의 연이은 불평에 호슈에 부인이 어디 더 들어 보자는 듯 아예 팔짱을 끼고 그녀를 바라보았다.

"게다가 도련님은 평일엔 기숙사에만 계셨잖아. 그때마다 꿀 같은 휴식이었을 테니, 당연히 여기 해밀턴보다 백배는 더 여유롭고 편했겠지!"

"그럼 다음엔 타니아 네가 갈래?"

해밀턴에 돌아와서 처음 갖는 식사 자리였다. 리타는 당연히 바쁜 주방 일을 먼저 돕고 싶었지만, 오늘만큼은 예외라면서 호슈에 부인이 강제로 앉힌 탓에 뜨거운 수프로 차가워진 몸을 데우던 중이었다.

사실 남이 해 준 음식을 먹는 게 너무나 오랜만이라서 좋기도 했다. 거기에 평소 엄마처럼 여겼던 호슈에 부인이 해 주는 거라서 더욱 감격스럽던 차였다. 타니아가 시비를 걸기 전까지는.

"정말? 그래도 돼?"

리타를 향했던 타니아의 삐뚤어진 시선이 대번에 느슨하게 풀렸다.

"어, 네가 정 원한다면 난 양보할 수 있어."

성에서 나고 자란 리타와 달리 타니아는 작년 봄쯤 봉급 하녀로 들어왔다. 일은 곧잘 하는 편이지만, 질투가 많은 편이어서 전부터 가끔 이런 식으로 리타를 공격하고는 했었다.

"그 말 진심이지? 거짓말 아니지?"

"내가 거짓말을 왜 해? 진짜야."

리타가 수프를 한 숟갈 떠먹으며 기뻐하는 타니아를 향해 태연하게 덧붙였다.

"근데 도련님이 좋아하실지, 그게 걱정이네."

"…걱정이라니?"

"생각해 봐. 성에 들어온 지 얼마 되지도 않은 너를 도련님이 편히 생각하시겠어? 주말에만 오시긴 해도 이것저것 손봐 드릴 게 한두 가지가 아닌데, 그걸 잘 알지도 못하는 너한테 맡기시는 게 얼마나 불편하시겠니?"

"…나도 다 잘할 수 있거든! 네가 하는 걸 내가 못할 리 없잖아!"

"응, 네가 못 할 거라고 말하는 게 아니야. 도련님의 마음을 짐작해 보는 거지."

리타가 잘 들으라는 듯 설명조로 이야기했다.

"도련님을 옆에서 보필한다는 건 청소, 빨래, 요리 등 이런 일들만 잘 처리해서 될 게 아니야. 물론 이 모든 게 중요하긴 하지만, 가장 먼저 생각할 건 도련님의 건강과 기분을 챙기는 거야. 근데 넌 존재만으로도 도련님이 불편하게 생각하실 테니, 애초부터 말이 안 되는 게 아닐까 싶은데."

"뭐, 뭐야?"

"도련님이 낯을 좀 가리시는 편이거든. 솔직히 도련님이 너라는 애가 있는 걸 알고 계실지 그것도 의문이긴 해."

타니아의 얼굴이 점점 붉으락푸르락 변해 갔지만 리타는 멈추지 않았다.

"아마 영주님께서도 허락하시지 않을걸? 아니다. 그 전에 커닝 집사님께서 안 된다고 하시겠구나? 그렇죠, 호슈에 아줌마?"

'내가 너무 심했나?'

순간 그런 생각이 안 든 것은 아니지만, 리타는 후회하지 않았다. 타니아가 시비를 걸 때마다 좋은 게 좋은 거라고 웃으며 넘어가고는 했는데, 참는 것만이 능사가 아님을 방금 깨달았다.

어차피 자신을 싫어하는 거라면, 싫어할 만한 이유를 하나 더 늘려 준다고 해서 달라질 것은 없었다.

"입 아프게 그런 건 뭐 하러 묻니? 타니아, 알아들었으면 어서 가서 일하거라! 잠시 후면 후식 내갈 시간이라고!"

"이이익……!"

분에 찬 타니아를 에슬린이 억지로 잡아끌었다. 타니아가 리타를 표독스레 노려봤지만, 리타는 눈웃음 지으며 손을 흔들 뿐이었다.

'어딜 감히 도련님을 넘봐! 우리 도련님이 얼마나 귀하신 분인데!'

내 도련님은 내가 지킨다!

뜬금없이 사명감에 불타는 리타였다.

"재 저러다 사고라도 칠라. 리타 너도 적당히 해. 부러워서 그러는 거니까 너무 속상해하지는 말고."

타니아를 자극해 봤자 골치만 더 아플 것이다. 호슈에 부인처럼 나이 찬 하인들은 어려서부터 성에서 같이 자란 리타가 도련님을 모시는 걸 당연스레 여기지만, 타니아처럼 새로 들어온 하인 중 어린 몇몇은 그것을 곱지 않게 생각했다.

그저 그런 귀족가도 아닌 대 란데르트 공작가였다. 그런 가문의 후계자를 바로 옆에서 섬긴다는 건 그들과 같은 이들에겐 그 자체로 출세이자 명예였다.

"하나도 안 속상해요. 그냥 좀 어이가 없지."

리타가 그제야 스푼을 내려놓으며 일어섰다.

"왜 일어나? 더 안 먹고?"

"다들 일하는데 저만 이러고 있는 거 조금 불편하긴 했어요. 몇 순갈 떴으니까 저도 일 도와야죠."

"아니, 안 돼! 절대 안 돼!"

호슈에 부인이 리타의 양어깨를 잡고 눌렀다.

"오늘은 꼼짝도 하지 마. 일은 내일부터 해도 충분해."

"에이, 호슈에 아줌마. 저 진짜 괜찮아요. 사흘 내내 기차를 타서 엉덩이가 좀 아프긴 하지만 멀쩡하다고요."

"내가 널 모르니?"

호슈에 부인의 눈매가 얇게 휘어졌다.

"그 멀리서 혼자 끙끙거리며 일을 도맡아 했을 걸 생각하면 내 속이 다 쓰리거늘!"

"어려서부터 늘 해 오던 일인데요, 뭐."

"잔말 말고 오늘은 내가 시키는 대로 해. 이 주방의 주인은 나야!"

호슈에 부인의 엄명이 떨어졌다. 해밀턴 성의 주방을 이십여 년째 호령하고 있는 그녀였다. 그녀가 이렇게 나올 때면 아무리 리타라도 별수 없다.

"알았어요. 오늘은 그럼 신세 좀 지겠습니다."

"신세는 무슨."

배시시 웃는 리타에게 그녀가 갓 볶은 가지 요리를 척 내놓았다.

"우와! 가지다! 저 이거 진짜 먹고 싶었어요!"

리타가 허겁지겁 포크를 들고 가지를 찍었다.

"흐으음!"

몸이 녹는다는 표현은 아마 이럴 때 쓰는 말일 것이다. 리타가 엄지를 추켜세우며 감탄의 몸부림을 쳤다.

"역시 아줌마가 해 주는 게 제일 맛있다니까! 이건 정말 따라갈 수가 없어요! 최고, 최고!"

"오냐. 많이 먹으렴."

호슈에 부인이 흐뭇해하며 몇 가지 음식들을 더 내왔다. 그 와중에도 그녀는 다른 하인들에게 끊이지 않고 지시를 내렸다.

"근데 저 삼 형제는 어쩌다가 뽑았니? 아까부터 뭘 저렇게 많이 처먹…… 아니, 먹는다니?"

호슈에 부인이 마뜩잖은 눈빛으로 바라보는 곳에는 데스

형제가 있었다. 그들도 멀리서 고생하며 왔다는 이유로 리타와 같이 먼저 식사하는 특혜를 누리고 있었다.

무서운 속도로 사라지는 탁자 위의 음식을 보고 있자니, 호슈에 부인은 이상하고 불길한 예감에 사로잡혔다.

"하핫, 다들 좀 잘 먹죠?"

"저게 좀이니? 이러다 다른 하인들 것까지 다 먹어 버리겠어! 넌 하인을 고용하려면 좀 제대로 알아봤어야지, 식비 감당할 수 있겠니?"

"…제가 뽑은 거 아니에요."

"네가 아니면? 그럼 이언 경이 뽑으셨니?"

도리도리.

"…설마 바율 도련님이 직접?"

끄덕끄덕.

그렇다면 호슈에 부인도 더 이상 할 말은 없다. 도련님이 결정하신 일에 이러쿵저러쿵 떠드는 건 예의가 아니다.

"생긴 것도 어쩜 저렇게 삭막한지……."

그저 약간의 구시렁거림만 보탤 뿐이다.

"헤에, 분위기가 좀 그렇긴 하죠?"

데스 삼 형제는 다들 먹는 데 정신이 팔려 이쪽으로는 고개도 돌리지 않았다. 그들 삼 형제를 책임지는(?) 선배의 입장으로서 리타는 나름의 옹호를 펼쳤다.

"그래도 심성은 다들 착해요. 일을 시작한 지가 얼마 되지 않아서 서툰 면도 있긴 하지만, 착실하게 배우는 중이에요."

"착실하게?"

"네, 제 말도 되게 잘 들어요. 안 믿기시죠?"

"네 말을 잘 듣는다고? 전혀."

저런 덩치들이 리타의 말을 잘 듣는다니 호슈에 부인은 별로 신뢰가 안 갔다.

"며칠 지내다 보시면 아실 거예요. 그리고 분명 마음에 들어 하실 거고요."

바르의 음식을 맛보지 않는다는 전제하에서 말이다. 해밀턴에 온 이상 바르에게는 주방에서 이뤄지는 모든 잡일만 맡길 예정이었다. 그러면서 제발 눈치껏 요리 실력을 키웠으면 하는 게 리타의 바람이기도 했다.

"무엇보다 제가 저 삼 형제를 데려온 결정적 이유는요, 청소 때문이에요!"

"청소?"

"네, 청소를 엄청나게 잘하거든요. 먼지 한 톨 없이 완벽하게 싹! 장난 아니에요."

이제껏 리타가 봐 온 그 누구보다도 말끔하게 청소를 해내는 데스였다. 간혹 어처구니없는 말로 리타를 짜증 나게 하는 경우가 있긴 하지만, 청소에서만큼은 인정한다. 데스는 그야말로 청소 장인이었다.

"대체 청소를 얼마나 기가 막히게 잘 하길래 네가 그런 칭찬을 다 하니?"

리타가 한 깔끔 한다는 건 호슈에 부인은 물론 성내 식구들이 다 아는 사실이었다. 그런 녀석이 이토록 칭송을 할 정도면 기대해 볼 만하다.

안 그래도 요즘 비가 많이 내려 성의 구석구석이 더럽혀진 상태였다. 제대로 실력 발휘만 해 준다면 식탐 정도는 눈감아 줄 의향이 있었다.

"두고 보세요. 모두를 깜짝 놀라게 해 줄 테니까."

리타가 어깨를 으쓱이며 장담했다.

"영주님과 도련님, 식사 끝내셨습니다!"

호슈에 부인과 리타가 희희낙락하는 사이 만찬이 마무리되었다. 식사 시중을 들던 하녀가 급히 달려와 보고했다.

"두 분이 체스를 두신답니다!"

"…정말?"

리타는 저도 모르게 반문했다. 두 부자가 체스를 둔다는 건 단순한 의미가 아니었다. 그것은 화해의 신호였고, 다시금 이전으로 돌아갈 수 있다는 희망이었다.

"호슈에 아줌마! 디저트를 준비해야겠어요!"

"그래, 그래! 뭐가 좋을까?"

호슈에 부인이라고 서먹해진 부자 사이를 왜 모르겠는가. 그녀 역시 두 팔을 걷어붙이며 의욕을 불태웠다.

주방이 이전보다 더욱 분주해지며, 본성에는 그간 느끼지 못했던 온기라는 게 서서히 스며들고 있었다.

2.

"후아함!"

해밀턴의 아침이 밝았다. 리타가 침대에 누운 채 기지개를 켜며 긴 하품을 내쉬었다.

쏴아아!

여전히 창밖으론 비가 퍼붓고 있었다. 맑고 쾌청한 날씨를 자랑하던 캐링스턴과는 달라도 너무 다르다. 축축한 이불에선 차가운 한기마저 느껴졌다.

하지만 이런 찐득한 습기마저 리타는 반가웠다.

내 방, 내 침대, 내 베개.

오랜만에 자신의 공간에서 맞이하는 이 아침이 리타는 진심으로 행복하고 기뻤다. 밤늦게까지 놀았음에도 불구하고 몸이 날아갈 듯 가벼웠다.

"오늘 기분 최고!"

리타가 만세 하듯 양팔을 쭉 뻗으며 침대에서 벌떡 일어나 탁자로 손을 뻗었다.

"응?"

그런데 잡혀야 할 게 잡히지가 않는다.

"어디 갔지?"

리타의 미간이 좁아졌다. 그녀가 인상을 있는 대로 찡그리며 탁자 위를 샅샅이 훑었다.

"뭐, 뭐야? 왜 없어?"

당연히 있어야 할 게 없자 리타는 당황스러웠다.

"설마 다른 데다 둔 건가?"

그럴 리가 없을 텐데, 하면서도 리타가 머리를 풀어헤친 채 온 방 안을 뒤졌다. 고작 2평 남짓한 작은 방이었다. 가구라고는 침대, 탁자, 벽장이 전부다. 그 세 곳을 몇 번이고 구석구석 살펴봤지만 리타의 안경은 끝끝내 나오지 않았다.

"어떡해……!"

리타가 망연자실하며 침대로 주저앉았다.

안경이 없어졌다. 분명 자기 전에 소중히 탁자 위에 올려두었는데, 감쪽같이 사라졌다.

안경이 없으면 도련님 보필은커녕 아무것도 하지 못한다. 심각한 난시 때문에 걷다가도 사람이든 물건이든 무언가와 부딪쳐 넘어지는 일이 다반사이기 때문이다.

"그거 엄청 비싼 건데……."

무엇보다 고가의 안경을 잃어버렸다는 죄책감에 리타는 거의 공황 상태였다. 그녀의 월급으로는 언감생심 꿈꿀 수도 없는 값비싼 안경을 리타가 가질 수 있었던 건 란데르트 공작의 배려 덕분이었다.

어린 리타가 걸핏하면 엎어져서 다치는 것을 보고 바율과 바일이 친히 아버지인 공작에게 부탁했던 것이다. 그런 귀중한 것을 잃어버렸으니 큰일이었다.

"이럴 게 아니야!"

리타가 황급히 일어섰다.

"빨리 찾아야 해! 성 어딘가에 있을 거야!"

그녀가 후다닥 옷을 갈아입고 밖으로 뛰쳐나갔다.

"아얏!"

그러다 탁자 모서리에 정강이를 찧었다. 찌르르한 고통이 퍼지며 온몸에 마비가 오는 것 같다. 안경이 없으면 늘 이 모양이었다.

"천천히 움직이자."

마음은 급하지만 이럴 때일수록 침착해야 했다. 성내 다른 하인들에게도 부탁하면 도와줄 것이다.

"후읍!"

리타가 심호흡을 크게 내쉬고는 난간을 붙잡고 조심스레

계단을 내려갔다.

그렇게 얼마나 지났을까. 가 볼 만한 곳은 다 찾아가 뒤져 보았지만, 안경은 어디서도 발견되지 않았다. 어젯밤 가장 오랜 시간 머물렀던 주방 역시 이 잡듯이 들쑤셨지만, 안경의 그림자도 찾아볼 수 없었다. 모두 허탕이었다.

"으아항!"

참고 있던 울음이 결국 터지고야 말았다. 리타가 맨바닥에 그대로 내려앉은 채 얼굴을 파묻었다.

"리타, 우리 다시 찾아보자. 어딘가에 꼭 있을 거야!"

에슬린이 애써 위로를 건넸지만 소용없었다. 리타의 귀에는 아무 말도 들리지 않았다.

"그 안경 얼마라고 했지?"

타니아가 벽에 비스듬히 기댄 채 물었다.

"타니아, 그건 왜 묻는데."

에슬린이 뭐든 말하지 말라는 눈짓을 보냈지만 타니아의 입은 이미 벌어진 후였다.

"아니, 똑같은 걸 사려면 월급을 얼마나 모아야 하는지 궁금해서 말이야. 영주님께서 또 사 주시면 좋겠지만, 그럴 것 같지는 않고, 만약 사 주신다고 해도 그 비싼 걸 두 번씩이나 받는 건 너무 몰염치하지 않니?"

"타니아, 너는 무슨 말을 그렇게……."

"결론은 직접 구매하는 수밖에 없는 건데, 몇 달 치 월급이 필요한가 생각해 봤다는 얘기야."

갑자기 타니아가 딱하다는 얼굴로 다가와 리타의 등을 쓰다듬었다.

"허이구, 진짜 막막하겠다. 돈은 둘째 치고, 당장 앞이 잘 보이지도 않아서 어떡하니? 도련님 모시는 데 불편한 점이 한두 가지가 아니겠어!"

말은 걱정하는 투지만 타니아는 누가 봐도 고소해하는 중이었다. 다 같이 안경을 찾을 때도 시늉만 했지, 제대로 돕지도 않았다.

'왜? 그건 절대 찾을 수 없을 테니까!'

타니아의 입술이 비틀리며 말려 올라갔다.

'그러게 왜 날 건드려? 네까짓 게 날 상대할 수 있을 것 같아?'

영주님과 도련님에게 총애를 좀 받는다고 해서 어린 것이 너무 싸가지가 없다. 성에서 나고 자란 게 뭐 대수라고 그 유난을 떨어 대는지, 이참에 혼쭐을 내 줄 작정이었다.

"으허엉!"

에슬린이 아무리 달래 봐도 리타의 울음은 멈추지 않았다. 설움이 한꺼번에 폭발했는지 갈수록 꺼이꺼이 목 놓아 울어 댔다.

"뭐야? 아침부터 왜 울고 있어?"

그 소리를 들었는지 성의 묵은 때를 전부 없애 버리겠다는 각오로 청소 중이던 데스와 아몬이 나타났다.

시커먼 덩치들의 등장에 에슬린과 타니아는 자신들도 모르게 위축되었다. 어쩐지 보고 있으면 기분이 으스스한 게, 가까이하기가 꺼려지는 사람들이었다.

"리타 양, 무슨 일이죠?"

아몬이 급히 다가가 리타를 일으켜 세웠다. 그 짧은 사이에 리타의 두 눈은 퉁퉁 부어 있었다.

"제게 말씀해 보세요."

아몬의 침착한 요구에 리타가 울먹이며 더듬더듬 사정을 털어놓았다.

"…그러니까 자고 일어났는데 안경이 사라졌다?"

앞머리에 가려진 데스의 까만 눈동자가 순간 예리하게 번뜩였다. 뭔가 냄새가 났다. 안경에 발이 달린 것도 아닌데 멀쩡히 놔둔 게 어디로 갔단 말인가.

"……."

그의 시선이 말없이 서 있는 타니아에게로 향했다. 어제 주방에서 리타와 설전을 벌였던 인간 여자다. 눈과 입은 음식에 집중하고 있었지만, 귀로는 다 듣고 있었다.

"아몬."

"네, 형님."

"가서 바르 데리고 와."

"금방 다녀오겠습니다. 리타 양, 잠시만 기다리십시오."

아몬이 즉시 주방으로 달려갔다. 바르는 리타의 지시로 새벽부터 일어나 주방에서 허드렛일을 돕는 중이었다.

"스승니이임!"

잠시 후, 아몬에게서 비보를 전해 들은 바르가 리타를 부르며 헐레벌떡 뛰어왔다. 그런 그의 얼굴은 누구라도 걸리면 절대 살려 두지 않을 것처럼 분기탱천해 있었다.

"다 들었지?"

"네, 형님!"

"찾아."

데스의 명령은 짧고 간결했다. 그의 힘으로도 충분히 가능한 일이긴 했지만, 사라진 물건의 흔적을 찾는 건 바르의 특기 중 하나였다. 한시라도 빨리 찾으려면 녀석이 움직이는 것이 더 나았다.

"스승님, 걱정 내려놓고 딱 기다려요. 내가 금방 찾아올 테니까!"

'훗, 그걸 당신이 어떻게?'

바르의 태도가 어찌나 진지하고 확신에 차 있는지, 타니아는 하마터면 그렇게 물을 뻔했다.

'팔 병신이 유난이야.'

거구의 사내가 말끝마다 '스승님, 스승님' 하는 것도 꼴 같지 않았다. 어디서 저런 이상한 형제들을 데려왔는지, 전부 싹 다 사라졌으면 소원이 없겠다. 당연히 개중 영순위는 리타였다.

바르는 주저함이 없었다. 리타에게 호언장담을 하고 달려나가는 그의 얼굴은 사명감으로 불타오르고 있었다.

내 스승님의 안경은 내가 찾는다!

개가 냄새를 맡듯 코를 킁킁거리며 바르가 해밀턴 성내를 뒤지기 시작했다.

"…저기다!"

바르의 숨바꼭질은 채 5분도 지나지 않아 끝났다. 성의 후미진 구석 흙더미에서 반짝반짝 불빛이 새어 나왔다. 숨겨진 물건을 찾을 수 있는 그의 눈에만 보이는 광채였다.

바르가 흙을 파헤치자 리타의 안경이 금세 모습을 드러냈다. 한데 안경의 상태가 심각하다. 테는 이미 부러졌고, 안경알도 잘게 여러 조각으로 깨져 있었다. 누군가 발로 세게 짓이긴 것처럼.

"감히 스승님의 안경을……!"

바르의 커다란 몸이 분노로 바들바들 떨렸다. 지금 이곳이 해밀턴이길 망정이지, 그가 살던 곳이었으면 수십은 죽어 나갔을 것이다.

바르의 크고 투박한 손이 망가진 안경의 잔해를 덮쳤다.

팟—!

까만 불꽃이 마치 스파크처럼 확 피었다가 사라졌다. 그러자 놀랍게도 부서지고 조각났던 안경이 말짱한 형태로 바뀌었다.

"됐어!"

스승님이 기뻐할 걸 생각하니 잠시도 지체할 수 없었다. 바르가 안경을 소중히 품에 안고 다시금 뜀박질을 시작했다.

"스승님! 찾았습니다!"

그사이 진정을 하긴 했지만, 리타는 반은 정신을 놓은 상태였다. 그랬던 그녀가 깜짝 놀라며 바르의 외침에 고개를 번쩍 들었다.

"여기요!"

바르가 내민 손을 들여다보았다. 놀랍게도 그의 큰 손에는 정말로 그녀의 안경이 놓여 있었다.

"후읍!"

감격에 북받쳐 말이 나오지가 않았다. 안경이 돌아왔다. 너무 기쁜 나머지 되찾은 안경을 차마 얼굴에 쓸 생각도 못하고 리타가 눈물만 글썽였다.

“헤헤, 제가 금방 찾아온다고 했죠?”

“리타 양, 제가 씌워 드리겠습니다.”

안경은 아몬의 전문(?) 분야다. 그가 바르의 손에서 안경을 집어 들고 리타의 얼굴에 직접 안경을 씌웠다.

“이제 잘 보이십니까?”

비로소 눈앞이 선명해졌다. 순간순간 눈물 때문에 뿌예지는 것만 빼면 모든 게 완벽했다.

“바르…… 정말 고마워요!”

잠시지만 지옥 같은 시간을 보냈다. 해밀턴에 돌아온 첫날부터 영주님과 도련님을 뵐 면목이 없을 뻔했는데, 덕분에 살았다. 그간 요리 못한다고 구박했던 게 미안할 정도였다.

‘앞으론 안 그래야지.’

“내가 진짜 열심히 가르쳐 줄게요!”

이 고마움에 보답하는 길은 그것뿐이었다.

‘어, 어떻게……?’

한껏 비웃을 준비로 들떠 있던 타니아는 어안이 벙벙했다.

‘분명 내가 밟아서 부숴 버렸는데……!’

처음엔 다른 안경인가 싶었지만, 리타의 안경이 맞았다. 동그란 안경테에 오른쪽 팁 부분의 색이 바랜 것도 똑같았다.

'마, 말도 안 돼!'

이번엔 타니아가 충격받을 차례였다. 이게 대체 어찌 된 영문인지를 모르겠다. 좀 전까지만 해도 득의양양하던 그녀가 사색이 돼서는 입을 다물지 못했다.

데스가 그런 타니아를 지그시 바라보았다. 새까만 구름 같은 것이 데스의 몸에서 몽글몽글 피어났다. 그것은 곧 타니아를 향해 날아가 그녀의 가슴으로 스며들었다.

'다 틀렸어! 내가 한 짓이라는 게 금방 들통날 거야!'

타니아가 머리를 부여잡으며 주저앉았다.

'매를 맞으면 어쩌지? 아니, 이러다 아예 쫓겨나기라도 하면……!'

어렵게 들어온 일자리거늘, 이제 내쫓기는 건 시간문제였다. 잔뜩 겁을 집어먹은 그녀의 몸이 사시나무 떨리듯 흔들렸다.

이건 악몽이야!

그녀의 머릿속이 서서히 절망의 늪으로 빠져들었다.

Chapter 3.

신전 방문

1.

"도련님, 안녕히 주무셨어요?"

바율이 씻고 나오자 언제 들어왔는지 리타가 침대를 정리하고 있었다.

"응, 리타. 왔어?"

"네, 몸은 편안하시죠?"

"그럼. 리타는 잘 잤어?"

옷장 문을 여니 다양한 색상의 셔츠가 말끔하게 다려진 상태로 걸려 있었다. 비가 오고 있지만, 아침 식사 후엔 신전을 방문할 생각이었다. 바율은 개중 차분한 색상의 옷을 골라 꺼냈다.

"저야 오랜만에 아주 푹 잤죠! 제 방에서 자는 게 얼마 만인데요!"

"습기 때문에 약간 꿉꿉하기는 한데, 집이 좋기는 하지?"

"네! 너무 좋아요!"

리타가 거의 소리 지르듯 대답하며 함박웃음을 지었다. 평소보다 몇 배는 더 높아진 목소리에 바율은 고개를 갸웃했다.

"오늘 아침에 무슨 기분 좋은 일이라도 있었어? 어제랑은 좀 다른데?"

"제가요? 아니에요, 그런 거 없어요."

"맞는데…… 분명 뭔가 있는데……."

리타를 알고 지내 온 세월이 얼마인가. 다른 하인들이라면 몰라도 리타에 대해서라면 바율도 알 만큼은 알았다.

"그냥 해밀턴에 온 게 좋아서 그래요."

안경 때문에 아주 잠깐 지옥을 경험했다. 금방 다시 찾긴 했지만, 괜한 말로 도련님의 심기를 어지럽히고 싶지 않았다.

뒤늦게 생각해 보니 안경이 사라졌던 사실 자체가 몹시 이상했지만, 제대로 간수하지 못한 자신의 책임도 있기에 조용히 덮고 넘어가기로 했다.

"근데 눈은 왜 그렇게 부었어?"

아무래도 의아해서 리타를 살피다 보니 꼭 펑펑 운 사람처럼 눈이 부어 있었다. 리타가 싱글벙글 웃고 있는 탓에 바율은 그녀가 울었을 거라고는 전혀 짐작조차 못 했다.

"아, 눈이요……? 어제 늦게까지 너무 먹어서 그런 것 같아요."

"컹컹!"

거짓말하지 말라는 듯 리타의 주변을 맴돌던 재스퍼가 크게 짖어 대자 그녀가 바율 몰래 검지로 입술을 가렸다.

"재스퍼, 내려가서 우리 아침 먹을까? 오늘은 특별히 간식도 두 개 챙겨 줄게!"

"컹!"

거래는 쉽게 성사되었다. 재스퍼가 꼬리를 세차게 흔들며 문 앞으로 뛰어갔다.

"도련님도 옷 갈아입으시고 천천히 내려오세요. 식사 준비해 놓겠습니다."

침대 정리를 마친 리타가 예를 올리고는 재스퍼를 데리고 냉큼 사라졌다. 뭐든 물어보면 수다스럽게 늘어놓던 그녀였기에 바율의 의심은 깊어질 수밖에 없었다.

"흠, 진짜 수상한데……."

셔츠의 단추를 풀며 바율이 홀로 중얼거릴 때였다.

—난 알지롱!

열린 창문으로 템페스타가 날아들며 짐짓 아는 척을 했다.

—아침에 내가 다 봤거든. 말해 줄까?

혼자만 알고 있다는 게 퍽이나 재밌는지 템페스타가 키득거리며 말했다.

그런데 무슨 일일까. 바율이 대꾸는커녕 템페스타 쪽으로 아예 시선조차 주지 않았다. 그가 입을 꾹 다문 채 조용히 옷만 갈아입었다.

—바율……?

템페스타가 바율의 앞으로 슥 날아왔다.

—혹시 내 말 못 들었어?

"……."

—헐! 설마 또 내 말소리가 안 들리는 거야? 나 안 보여?

떠오르는 불길한 옛 기억에 템페스타가 불안해하며 얼굴을 들이밀었다. 그러자 바율이 쓱 몸을 돌리는 것이 아닌가. 템페스타를 볼 수 있는 그 누가 보았다면 흡사 피하는 거라고 착각할 만한 행동이었다.

—푸하하하!

당황하는 템페스타를 보며 이노센트가 난데없이 박장대소를 터뜨렸다.

—뭐야? 왜 웃는데?

대번에 템페스타의 눈꼬리가 사납게 휘어졌다.

—쌤통이라서 그런다! 그리고 내가 내 맘대로 웃지도 못하냐? 흥!

—물귀신 같은 네 웃음소리가 내 귀에 얼마나 거슬리게 들리는지 알아? 세상에서 제일 듣기 싫은 게 바로 네가 웃는 소리야!

상상만으로도 괴롭다는 듯 템페스타가 귀여운 얼굴을 있는 대로 일그러뜨리며 반격했다. 그러자 이노센트가 더욱 크게 웃으며 가소롭다는 듯 빈정거렸다.

—바율이 화난 것도 모르는 무식한 바람 주제에!

—뭔 소리냐? 바율이 화가 났다고?

—그래! 너 때문에 화난 건데 그런 것도 못 느끼냐? 바보!

—화가 난 거라니…… 왜……?

전혀 짐작조차 하지 못했던 사실에 깜짝 놀란 템페스타의 은백색 눈동자가 화등잔만 하게 떠졌다.

—어라? 진짜네…….

바율과 정령들은 감정을 공명한다. 그럼에도 바율이 애써 기분을 숨긴 탓인지 템페스타가 뒤늦게야 상황을 인지한 것이다.

—바율…… 진짜 나한테 화난 거야? 왜? 나는 너 밉다고 한 적도 없는데!

살면서 이보다 더 억울한 경우가 어디 있냐는 듯 템페스타가 소리쳤다.

하지만 여전히 바율은 아무 말도 하지 않았다. 시계를 챙기고 재킷을 걸치는 동안 그는 줄곧 무표정으로 일관했다.

—멍청이! 넌 어떻게 그런 것도 모르냐? 앞날이 진짜 걱정된다, 걱정돼!

얼이 나간 듯한 템페스타를 보며 이노센트가 혀를 끌끌 찼다.

—…넌 알아?

—당연하지!

이때다 싶었는지 이노센트가 한껏 턱을 쳐들며 거만한 태도로 설명했다.

—이게 다 네가 어제 말을 안 들어서 그런 거야! 다리가 물에 잠겼을 때 바율이 시키는 건 하나도 안 하고, 나한테 막 물귀신이라고 욕했잖아! 까불면서 강풍이나 만들어 내고! 그래서 바율이 얼마나 속상했는지 알아?

—어제 때문이라고?

—그래! 이제 좀 후회되지?

—너도 같이 싸웠는데…… 왜 나한테만……?

어제 일이 원인이라면 템페스타만 그런 게 아니었다. 이노센트 역시 고래고래 악을 쓰며 비를 뿌렸다. 덕분에 안 그래도 빗발치던 빗줄기가 더욱 거세졌다.

—왜…… 왜 나한테만 그래?

당혹감에 어찌할 바를 모르던 템페스타의 얼굴이 점점 원통함으로 바뀌었다.

—그야 바율은 나한테 한 번도 화난 적이 없거든! 그치이, 바율? 내 말이 맞지이, 바율?

템페스타에게 혀를 샐쭉 내밀던 이노센트가 방긋방긋 웃으며 바율에게 물었다.

그런데 이게 무슨 일인가. 준비를 모두 끝내고 마지막으로 신발을 바꿔 신는 바율은 역시나 아무 대꾸도 하지 않았다.

—바율……?

이건 이노센트가 전연 기대한 바가 아니었다. 그녀는 너무 당황한 나머지 바율이 신성력 치료를 받던 때처럼 그들의 목소리를 다시 듣지 못하는 건가 싶었다.

하지만 그게 아님을 깨닫는 데는 채 1초도 필요하지 않았다. 바율이 셰임에게 말을 건 것이다.

"셰임, 고마워요."

—…별거 아니다.

“그래도 매번 셰임 덕분에 깨끗한 신발을 신을 수 있어서 기분이 좋은걸요. 항상 감사하게 생각하고 있어요.”

언제나처럼 다정하고 따뜻한 바율의 음성이었다.

—바율, 이제는 들려?

—내가 어제는 말이지……!

이노센트와 템페스타가 거의 동시에 바율에게 바짝 붙어서는 어필을 하기 시작했다.

—저기, 좀 전에 내가 한 말은 못 들은 거지? 그래서 대답을 못 한 거 맞지?

—내가 어제는 그러려고 그런 게 아니라, 이노센트가 자꾸…….

“셰임, 그럼 다녀올게요.”

이노센트와 템페스타가 열심히 말을 붙여 봤지만, 바율의 유령 취급은 여전했다. 셰임에게 인사 후, 식당으로 향하는 바율은 이노센트와 템페스타하고는 절대 눈도 맞추지 않았다. 그야말로 온몸으로 ‘나 화났음’을 표출하고 있었다.

이노센트는 중간에 따라가던 것도 멈추고 망부석이라도 된 듯 넋을 놓았다. 바율의 감정이 무조건 템페스타 때문이라고 오해 아닌 오해를 하고 있던 그녀인지라 충격이 어마어마했다.

바율에게 처음으로 거부(?)당했다는 사실을 지각한 순간, 서러움이 폭발했다. 이노센트의 커다란 파란 눈동자가 삽시간에 물기로 가득 찼다.

—바율…….

그건 템페스타도 마찬가지였다. 매몰차게 가 버린 바율의 뒷모습을 바라보는 녀석의 눈에서도 닭똥 같은 눈물이 뚝뚝 떨어졌다.

언제까지나 그들의 편일 줄만 알았던 바율의 차가운 냉대에 이노센트와 템페스타는 그저 어쩔 줄 몰라 울기만 했다.

'하아, 마음이 너무 불편해.'

일단 저지르기는 했는데 바율의 속도 편치 않은 것은 매한가지였다.

하루에도 수십 번씩 물어뜯기를 반복하는 두 녀석 때문에 안 그래도 골치가 아픈 차였다. 그러다 어제 물에 잠긴 다리를 처리하는 과정에서 결국 녀석들이 사고를 치는 바람에 오롯이 셰임 혼자 모든 것을 해결해야 했다.

다수가 위험해질 수 있는 극한 상황이었고, 할 수 있는 것은 하겠다며 바율이 정령사로서 마음을 먹고 최초로 나선 중대한 순간이었다.

그런 때에 하필이면 이노센트와 템페스타의 싸움이 터진

것이다. 다행히 셰임 덕분에 좋은 결과를 얻기는 하였지만, 모든 것이 어그러질 수도 있는 상황이었다. 어쩌면 나서지 않으니만 못했을 뻔했다.

녀석들이 또 싸우면 그땐 어쩌지?

이후로 바율의 머리 한구석엔 그런 걱정이 깊숙하게 틀어박혔다. 어제와 같은 일이 또 벌어지지 않을 거란 보장이 없었다.

아니, 분명히 두 녀석은 다시 싸울 것이다. 그게 더 심해지면 심해졌지, 덜하지는 않을 거란 불안감이 바율을 심란하게 했다.

그러다 보니 정령들의 기운이 급격히 하락한 이유가 무엇인지에 대해 진지하게 생각할 새도 없었다. 다행히 지금은 모두들 전부 회복한 상태였다.

어쨌든 그런 고민 끝에 바율이 내놓은 해결 방안은 똑같이 화를 내 보는 것이었다. 바율의 심정이 어떠한지 녀석들도 알면 조금은 달라지지 않을까 하는 기대 심리로 지금과 같은 일을 벌인 것이다.

제발 부탁하건대 이참에 녀석들이 반성이라는 걸 했으면 여한이 없겠다. 평생 다투지 않을 수는 없겠지만, 어제처럼 중요한 상황에선 바율의 말을 우선으로 여겨 주었으면 하는 게 바율의 원대한 바람이었다.

—너무 걱정 말아라…….

바율의 고뇌를 다 이해한다는 듯 세임이 심심한 위로를 건넸다. 세임이 옆에 있어서 참으로 다행이었다. 그마저 다른 녀석들과 같았다면 바율은 아마 제명에 죽지 못했을 것이다.

'많이 울지는 않았으면 좋겠는데.'

성격상 누군가를 무시하며 화를 내는 건 바율과 맞지 않았다. 무심한 척 굴기 위해 얼마나 애를 썼는지 모른다.

그나마 지금 녀석들이 눈앞에 있지 않아서 버틸 수 있었다. 그 예쁘고 귀여운 얼굴들이 눈물로 범벅이 되었을 걸 생각하면 마음이 약해지는 건 시간문제였다.

슬퍼하는 둘의 감정이 고스란히 전해져 왔지만, 바율은 마음을 다잡았다. 이번만큼은 쉽게 넘어갈 수 없었다. 조율할 문제는 제대로 짚고 넘어가야 후에 탈이 나지 않는다. 이 기본적인 이치를 바율은 아카데미에 입학하고 생활하면서 너무 뒤늦게 터득했다.

'녀석들이 잘 따라와 줘야 할 텐데…….'

두 녀석의 걱정으로 아침 식사를 하면서도 바율은 통 웃을 수가 없었다.

2.

날씨가 맑건 흐리건, 비가 오건 눈이 오건 란데르트 공작의 일과는 늘 새벽부터 시작이었다. 아무도 없는 빈 연무장에서 홀로 몸을 푼 뒤 차가운 물로 땀을 씻어 내고, 간단한 아침 식사 후엔 집무실에 틀어박혀 쌓인 서류를 검토하고 결재하는 것이 그의 주된 일상이었다.

오전 시간에는 틈틈이 보고를 위해 많은 이들이 그의 집무실을 들락거리는데, 오늘의 첫 개시는 이언 경이었다. 그가 정결한 단복 차림으로 란데르트 공작을 찾아왔다.

"며칠 푹 쉬어도 괜찮다 했거늘……."

깍듯이 예를 갖춰 인사하는 이언을 향해 공작이 못 말린다는 듯 고개를 저었다.

"자네의 검술 실력은 아마 그 급한 성정 때문일 거야."

할 일은 절대 뒤로 미루지 않는 철두철미함에, 목표를 이루고자 하는 의욕까지 갖추었다. 일체의 게으름도 용인치 않고 훈련에만 매진한 끝에 남들보다 훨씬 어린 나이에 기사 작위를 따 냈다.

선천적인 재능에 후천적인 노력이 결합하여 탄생한 결과였지만, 란데르트 공작은 가끔 이런 농을 던져 이언을 놀리고는 했다.

"칭찬으로 듣겠습니다."

"앉게."

이언과 마주 보고자 공작도 일어나 소파로 자리를 옮겼다.

"만나 보신 소감이 어떠십니까?"

"그게 궁금해서 이리 부지런을 떨었나?"

마음 같아선 어제 당장 묻고 싶었지만, 오랜만에 갖는 두 부자의 시간을 방해하고 싶지 않았다. 해서 이언은 아침이 오기만을 기다렸다.

"사실 그들 형제를 해밀턴으로 데려올 생각은 없었습니다. 외부인을 성에 들인다는 것이 아무래도 내키지 않아서 말입니다."

"그랬는데?"

"본래 캐링스턴의 저택이 비는 동안 일주일에 두어 번씩만 관리를 맡길 예정이었습니다. 한데 갑자기 따라오고 싶다고 하더군요. 해밀턴에 한 번도 가본 적이 없다면서요. 그 말을 듣고 보니 이참에 공작 전하께 보여 드리는 게 낫겠다 싶어, 우선 저의 재량으로 데려왔습니다."

"내가 보고 판단하는 게 좋을 것 같아서 말이지?"

"예."

"그들 형제에 대해 따로 알아본 사항은 있나?"

서찰에 쓰인 내용 말고도 뭔가 더 있으면 말하라는 명이었다.

"특별히 보고드릴 만한 점은 없습니다."

정보 길드에 의뢰해 본 결과, 면접 때 데스가 했던 말처럼 가난한 달동네 마을에 동생들만 줄줄이 딸린 청년 가장이었다.

"그런데도 헷갈린다는 것이군."

란데르트 공작의 눈빛이 깊게 가라앉았다. 무언가 해답을 바라고 있던 이언은 그제야 이상함을 감지했다.

"…설마 공작 전하께서도 안 보이십니까?"

"괴이한 일이지?"

공작의 반문은 긍정의 뜻이었다. 해밀턴에 오기만 하면 어느 쪽이든 결정이 날 거라 여겼던 이언은 깜짝 놀라지 않을 수 없었다.

"어제 너무 짧게 마주쳐서 그런 거라면, 지금 당장 불러오도록 하겠습니다. 다시 보신다면 분명 뭔가 알아차리실 수 있을 겁니다."

"아니, 그럴 필요 없네."

이미 어제 마주친 것으로도 상대의 정체를 가려내기에는 충분한 시간이었다. 바율과 식당으로 가기 전 잠시 맞닥뜨렸던 그때, 란데르트 공작은 별안간 모골이 송연했다.

머리털이 쭈뼛 서는 듯한 그 느낌. 얼마 전 황궁에서 바율의 친구인 일라이란 소년을 만났을 때와 비슷한 감각이었다.

이제껏 살면서 자주 겪지 못했던 일이거늘 최근에만 벌써 두 번째다. 그 두 번 모두 아들의 주변 인물이라는 것이 의아하기도 했다.

내가 너무 바율을 과보호하는 것인가?

아들을 세상에 내어놓은 불안한 심리 탓에 이런 느낌이 드는 것인가, 하는 스스로에 대한 우려마저 들고 있었다.

"공작 전하, 진심으로 하시는 말씀입니까?"

이언에게 란데르트 공작은 감히 신이라 칭할 수 있을 만큼 절대적인 존재였다.

세상을 압도하는 절대자.

설사 드래곤과 싸우더라도 승리할 거란 믿음을 불러일으키는 유일무이한 기사.

그런 공작이기에 이언은 도저히 주군의 말을 받아들이기가 힘들었다.

"그냥 좀 더 지켜보세. 자네 말대로 나쁜 녀석들 같지는 않으니까."

"하나 공작 전하께서도 몰라보실 정도면……."

"바율을 해코지하려 했다면 진즉에 했겠지. 그런 쪽이라면 걱정할 필요 없을 것 같네. 다만……."

말끝을 흐리는 란데르트 공작을 이언이 긴장된 시선으로 지켜봤다.

"궁금하더군."

"…예?"

"바울 곁에 왜 그런 녀석들이 붙어 있는지 말일세. 그걸 알아낸다면 아마 그들의 정체는 자연스레 알게 되지 않겠나?"

그 이유를 알아내는 날이 결코 와서는 안 된다는 걸 전혀 짐작하지 못한 채, 공작은 그렇게 결론을 내렸다.

'어쩌면 인간이 아닐 수도…….'

대륙엔 수많은 유사 인종이 있고, 아직까지도 인간들이 밝혀내지 못한 신비로운 생명체도 분명히 존재했다.

하나 지금은 그저 추측일 뿐이다. 괜한 말로 이언을 심산하게 만들고 싶지 않아 공작은 마지막 말은 속으로 삼켰다.

똑똑.

"공작 전하, 사다드입니다."

그때 두 번째 방문자가 문을 열고 들어왔다.

"이언 선배도 계셨습니까?"

사다드가 이언의 옆자리에 엉덩이를 붙이며 반갑게 아는 척을 했다. 같은 만월 기사단의 일원으로서 둘은 제법 절친한 사이였다.

“공작 전하께 보고할 사항이 있었거든.”

“어제 막 돌아오셨으니 당연히 그러시겠죠. 하면 제가 잠시 나가 있다가 다시 올까요?”

“그런 건 보통 앉기 전에 묻지 않던가?”

“그럴 마음도 없으면서 괜히 떠보는 건 여전하군.”

“저의 내면이 그렇게 티가 났습니까?”

공작과 이언의 면박에도 사다드는 꿋꿋했다. 그가 넉살 좋은 웃음으로 위기를 모면하며 화제를 돌렸다.

“참, 어제 체스 게임은 어떻게 되었습니까? 오늘 아침 다들 그 얘기로 시끌시끌하던데요. 공작 전하께서 이기셨습니까?”

“훗, 그랬다면 지금 내 기분이 좀 더 좋았을까 문득 궁금해지는군.”

“이런, 지신 겁니까?”

“3전 3패. 깨끗하게 승복했네.”

패배한 사람의 얼굴이라고 하기엔 공작의 표정은 너무나 평온했다. 전쟁에서 단 한 번도 패한 적이 없는 그들의 주군이, 아무리 아들과의 체스 게임이라지만 전패를 하고도 이리 즐거워하시다니. 뭔가 수하로서 억울한 기분이 든다.

“바율 도련님께서 체스를 정말 잘 두시나 봅니다.”

그저 형식상 이런 말이나 내뱉을 뿐이었다.

"바율 얘기가 나와서 말인데, 절망의 신에 대한 친화력이 생겼다고 하더군."

"예엣? 절망의 신이요?"

전쟁의 신이 아니고요?

친화력도 친화력이지만, 그 대상이 절망의 신이라는 게 이언과 사다드 모두 도무지 이해할 수 없다는 반응이었다.

"바율 도련님께 직접 들으신 겁니까?"

이언의 물음에 공작이 고개를 끄덕이며 답했다.

"아카데미에서 절망의 신 사제에게 치료를 받다가 알게 되었다는군. 그 친화력이란 게 몸을 보해 준다고도 하네. 그래서 요즘 몸 상태가 좋아졌다는데, 어떻게들 생각하나?"

바율 앞에서는 잘된 일이라며 기뻐했지만, 공작 입장에선 마냥 기뻐할 수만은 없었다. 앞서 바율에게 말했듯 모든 일에는 이유가 있는 법이다. 이유를 모르는 이상 공작도 어느 정도는 방비를 해야 했다.

"음, 좋은 징조인 듯하긴 합니다만…… 난데없이 절망의 신이라니, 황당하긴 하네요."

"바율 도련님께선 절망의 신전에 치료차 가 보신 게 다일 텐데 말입니다."

"절망의 신에 대해 한번 알아보게. 전해 오는 내력과 이제껏 행한 일 등, 전부 샅샅이."

"예, 공작 전하."

전쟁의 신에 대해서라면 지금 당장 줄줄 읊을 수 있지만, 절망의 신에 관해선 공작은 물론 이언과 사다드도 무지했다.

이언은 캐링스턴 출신이기는 하나 이곳 해밀턴과 캐링스턴은 많은 부분이 달랐다. 세계 각지의 사람들이 모이는 대도시이니만큼 도시 곳곳에 신전만 수십 개가 넘었고, 그중 절망의 신전은 신도 수가 그리 많지도 않은 편이었다. 불행히도 이언은 절망의 신전에는 가 본 적도 없었다.

"절망의 신전 얘기가 나와서 말인데요. 헥터 공작이 아무래도 미친 것 같습니다."

"그가 무슨 짓을 저질렀기에 그리 과격한 표현을 쓰는 거지?"

사다드의 거친 언행에 란데르트 공작의 미간이 좁아졌다.

"공작 전하께서도 아실 겁니다. 제국의 모든 아카데미에는 국가 지원금이 보내진다는 것을요."

"…그런데?"

"설마……?"

묻고 있지만 란데르트 공작과 이언은 왠지 사다드가 다음에 무슨 말을 하려는지 예상이 갔다.

"캐링스턴 아카데미의 국가 지원금을 헥터 공작이 끊었다고 합니다."

혹시나 했는데 역시나였다.

"황실의 출납은 재상부가 할 일이다. 한데 그걸 어찌 도당의 의장인 헥터 공작이 개입했다는 말이냐?"

"그거야 모종의 거래가 있지 않았겠습니까? 귀족들을 압박해서 대부분의 기부금을 막았음에도 아카데미 측이 잠잠하니 약이 오른 것 같습니다."

"아카데미가 잠잠한 이유는?"

"이사장이 거액을 내놓았다는 소문이 있습니다."

"그래서 기부금에 연연하지 않는다는 것이로군."

"예."

"끝까지 참 치졸하네요."

이언이 질렸다는 듯 헛웃음을 터뜨렸다. 딱 그 아들에 그 아비였다. 둘 다 어디까지 망가지려는지 이제는 안쓰러워질 지경이었다.

'몰라도 너무 모르는군.'

란데르트 공작이 정녕 화가 나면 어떤 대가를 치러야 하는지 모르는 것이 분명했다.

"어떻게 할까요? 그냥 두고 볼까요? 아니면 정식으로 발고 절차를 밟을까요?"

"지금은 안 돼. 황도 상황이 어떤지 잘 알지 않나?"

"안 그래도 그게 저도 걸려서 말입니다."

곧 있으면 황제의 결혼식이 열린다. 누구의 잘잘못을 떠나서 그런 중한 행사를 앞두고 시끄러운 짓을 벌여 황제의 심기를 어지럽게 할 수는 없었다.

"일단 그 건은 보류하도록 하지. 다행히 이사장이 거액을 내놓았다고 하니 아카데미도 당장 급할 건 없겠군."

결코 그냥 넘어가지는 않을 것이다. 잠시 뒤로 미루는 것일 뿐이었다.

"그러고 보니 어젯밤에 동료들에게 들었습니다만, 드와이어트 제국에서 폐하의 혼인을 축하하기 위해 사절단이 온다고 하던데. 사실입니까?"

이언은 십년전쟁을 몸소 체험한 기사였다. 베어도 베어도 끝도 없이 몰아치던 용맹무쌍한 전사, 드와이어트 제국의 용병들을 그는 아직도 기억하고 있었다.

아무리 휴전 상태라고는 하나, 적국의 사절단이 황제의 결혼을 축하하기 위해 친히 방문을 한다니 어쩐지 불길한 예감이 든다.

"어디 사절단뿐인가요. 누가 대표로 오는지 알면 이언 선배 아마 까무러치게 놀랄 겁니다."

"이미 놀랐는데 더 놀랄 게 남았나?"

"그래서 황도는 물론 제국 전역에 비상이 걸렸는걸요."

제국 전역에 비상이 걸렸다?

"대체 누가 오길래……?"

"로이안이 온다고 합니다."

"로이안?"

어디서 많이 들어 본 이름이었다. 무심코 사다드를 따라 이름을 읊조리던 이언의 눈이 서서히 커졌다.

"설마 로이안 황제가 직접 온다는 거야?"

"넵, 그러하답니다."

설마가 진짜 현실이 되었다. 며칠 전 리암에게서 그 내용이 담긴 서찰을 받고 란데르트 공작은 한동안 말을 잇지 못했었다.

로이안 황제를 대면하는 것이 껄끄러운 것은 나중 문제였다. 그가 걱정하는 것은 첫째도 안전, 둘째도 안전, 셋째도 안전이었다.

한때 용병 국가라 불리던 드와이어트 제국은 수많은 위대한 검사를 보유했고, 지금도 길러 내고 있었다. 사절단으로 위장하여 어떤 고수가 숨어들지 모르는 일이다.

남녀노소는 당연하고, 설사 어린아이라 할지라도 드와이어트 제국의 사절단이라면 모조리 철저한 감시하에 두어야 했다.

로이안이 어떤 자들을 데려올지 지금으로선 알 길이 없었다. 무조건 대비하여 나라의 안전을 책임지는 것이 최고 사령관이자 수호자인 란데르트 공작의 임무였다.

"황제 폐하는 물론이고 린데만 황태자의 경호에도 더욱 신중을 기해야 할 것이다."

그가 있는 한 일말의 허튼짓도 용납할 수 없었다. 그 어떤 유혈 사태도 일어나지 않게 막아 내는 것이 공작이 이번 결혼식에서 이뤄 내야 할 과제였다.

3.

무거운 마음으로 아침 식사를 마친 바율은 곧장 신전으로 향했다. 만일 캐링스턴이었다면 이언이 수행 기사로 따라붙었겠지만, 이곳은 해밀턴이었다.

제국의 가장 끝, 북방에 위치한 바율의 고향 해밀턴.

캐링스턴과 비교하자면 모든 면에서 낙후된 곳이지만, 그럼에도 이 척박한 땅을 북부 제일의 도시로 키워 낸 것이 바로 란데르트 공작이었다.

제국의 살아 있는 전설이라 불리는 그를 찾아 많은 검객들이 해밀턴으로 몰려들었다. 그리고 공작은 그들 모두가 안전하게 밤거리를 다닐 수 있을 정도로 치안 유지에 힘썼다.

소득에 따른 균등한 세금 징수와 관리들의 부정부패가 전혀 없는 청렴한 도시. 가뭄과 홍수가 빈번하게 일어나는 것만 빼면 제국에서 가장 살기 좋은 곳으로 손꼽히는 지역이라고 할 수 있었다.

바율은 그런 해밀턴의 상징이자 자랑인 란데르트 공작의 유일한 아들이며 후계자였다.

마차 위에서 펄럭이는 공작가의 깃발은 해밀턴에선 거의 무적이나 다름없었다.

홀로 어딘가를 가더라도 안전이 보장되는 곳. 설사 누군가 바율을 해코지하려 든다면, 그 전에 영지민들의 손에 잡혀 먼저 사달이 날 것이다.

해밀턴에서 란데르트가는 그만큼 절대적이었고 칭송받는 존재였다.

"컹컹!"

"그래, 재스퍼. 오랜만이지?"

마차의 창에 얼굴을 들이댄 채 재스퍼가 짖었다. 녀석의 콧김으로 인해 유리창에 더운 김이 서렸다.

"옛날엔 참 자주 다녔던 길인데……."

오늘따라 왜 이렇게 길이 낯선지 모르겠다. 땅이 질척이긴 했지만 바뀐 것은 없었다. 변한 것은 오히려 바율 쪽이었다. 신전으로 향하는 그의 마음이 전과는 확연히 달라졌다.

'난 더 이상 환자가 아니니까.'

"어디가 아픈 것도 아닌데, 신전에는 왜 가는 거지?"

데스가 불쑥 물은 것은 그때였다. 출발 직전 전쟁의 신전을 구경하고 싶다며 데스와 아몬이 바율을 따라나섰다. 그래서 현재 마차에는 바율과 재스퍼, 데스와 아몬. 총 넷이었다.

"안부 인사를 전하러 갑니다."

"안부 인사?"

"어려서부터 몸이 약해 신전에서 자주 치료를 받았거든요."

"건강해 보이는데 이상하군."

"훗, 그런가요?"

바율은 괜스레 웃음이 나왔다. 태어나서 처음 들어 보는 말이었기 때문이다.

"왜 웃지?"

그 웃음을 오해한 듯 데스의 목소리가 갈라져 나왔다.

"아, 익숙하지 않아서 그런 거니 오해하지 마세요. 지금은 이렇지만, 어릴 때는 심한 약골이었거든요. 툭하면 쓰러지기를 반복했죠."

이런 식으로 과거 얘기를 가볍게 할 날이 올 거라고는 그땐 정말 생각지도 못했었다.

"그때마다 신전의 사제님들이 도와주셨었어요. 아마 본성을 제외하고 해밀턴에서 가장 많은 시간을 보낸 곳이 신전일 거예요."

지금은 더 이상 치료가 필요하지 않은 몸이 되었지만, 해밀턴까지 와서 인사도 없이 지낼 수는 없었다. 모든 게 정령을 오인해서 벌어졌던 일일지라도, 그들이 바율에게 베푼 마음과 노력은 진심이었다. 신성력이 안 좋은 영향을 끼쳤다고 해서 그런 분들을 원망할 수는 없었다.

"데스는 어떤 신을 믿나요?"

"…뭐?"

바율의 기습적인 질문에 데스가 그답지 않게 당황의 빛을 내비쳤다. 늘 언제나 뻔뻔하다 싶을 정도로 구는 상대였기에(그래서 리타의 속을 자주 뒤집어 놓는다), 바율은 순간 자신이 물어보지 말아야 할 것을 물었나 싶은 생각마저 들었다.

"캐링스턴에는 다양한 신전들이 있다고 들었어요. 제가 가 본 곳은 절망의 신전뿐이지만."

"…아카데미에 있는 것 말인가?"

"네, 어쩌다가 몇 번 가 봤는데 친……."

바율은 자기도 모르게 친화력이 생겼다는 말을 뱉을 뻔

했다. 엄청난 비밀인 것은 아니지만, 친화력에 대해 아는 것이 없으니 조심스러울 수밖에 없다.

"왜 말을 하다 말지?"

"그냥 뭐……."

"절망의 신전이 별로였나?"

"……?"

"여기 전쟁의 신전보다는 훨씬 나을 텐데?"

기분 탓인가. 바울은 일순 데스가 왠지 화가 난 듯한 인상을 받았다.

"해밀턴은 처음이라고 하지 않았나요?"

신전도 가 보고 싶다고 해서 따라나선 와중이었다. 한데 비교하는 말투가 언젠가 꼭 와 본 것 같은 뉘앙스다.

"아무래도 전쟁의 신보다 절망의 신의 서열이 높다 보니 형님께서 그리 말씀하신 것 같습니다."

눈을 감은 채 조용히 창밖을 주시하고 있던 아몬이 끼어들며 설명했다.

"서열이요?"

"네, 절망의 신은 마계 계승 서열 9위이자 마황 크루델리스의 군대를 이끄는 총사령관입니다."

"아, 그렇습니까? 근데 전쟁의 신이 따로 있는데, 절망의 신이 총사령관이라니 좀 특이하네요."

"전쟁의 신 아고스는 절망의 신보다 3단계가 낮은 서열 12위의 마신입니다. 전쟁밖에 할 줄 모르는 아둔한 녀석이지요."

"…예?"

바율은 순간 자신의 귀를 의심했다. 아둔한 녀석이라니? 어느 누가 들어도 결코 신에게 할 수 있는 적절한 언사는 아니었다.

"이런, 제가 그만 실언을 했습니다. 어느 책에서 읽은 건데, 그걸 그대로 따라 해 버렸네요."

"아……."

대체 무슨 책인지 궁금했지만 바율은 일단 이해하고 넘어갔다.

"조금 더 설명해 보자면 세상엔 알려지지 않은 신들이 훨씬 많습니다. 인간들이 모시는 신은 대부분 뽐내기를 좋아하는 자들이라고도 하지요. 자신들의 힘을 과시해서 신도를 모으는 경우도 종종 있으니까요."

몰랐던 사실이었다. 신전을 자주 오가긴 했지만, 신에 관해 따로 공부를 한 적은 없었다. 실제로도 신관이 아닌 이상 성서를 읽는 자들은 드물었다.

"전쟁의 신 아고스도 그런 신들 중 한 명이라고 보시면 됩니다. 전쟁의 신답게 전쟁이 터지면 늘 선봉장을 맡는다고 알려져 있죠."

"그렇군요. 혹시 신학을 따로 공부한 건가요?"

"…그냥 책 읽는 것을 좋아합니다."

아몬이 눈을 감은 채 생긋 웃었다. 눈이 보이지 않으니 누군가 읽어 주었을 텐데, 그게 누구일지 괜히 궁금해지는 순간이었다.

"도련님, 도착했습니다."

그때 마차가 멈추고 마부가 신전에 당도했음을 보고했다.

"드디어 왔네요."

반가운 이들을 만날 생각에 바율은 금세 마음이 들떴다.

"재스퍼, 가자."

마차의 문이 열리자 재스퍼가 가장 먼저 뛰쳐나갔고, 그 뒤를 바율이 빠르게 뒤쫓았다.

"우리도 제대로 구경이나 나서 볼까?"

"아고스가 알아차리면 어떡하죠?"

"어떡하긴 뭘 어떡해. 그냥 모른 척 생까면 되지."

"분명 자기만 쏙 빼고 갔다고 난리를 피우고도 남을 텐데요?"

"내버려 둬, 그러거나 말거나."

그게 뭐 대수겠는가.

"정 귀찮게 굴면 몇 대 쥐어박고 끝내 버려."

안 그래도 조약이다 뭐다 골치가 아파서 피신한 상태였다. 가뜩이나 짜증 나 있는 이 판국에 건드리는 놈이 생기면 데스도 무슨 짓을 저지를지 몰랐다.

"내 식도락을 방해하는 놈은 누구라도 가만두지 마."

설사 그것이 마황일지라도 봐주지 않겠다는 듯, 데스의 까만 눈동자가 살벌하게 빛났다.

4.

"후안 사제님!"

"어이쿠! 바율 도련님께서 연락도 없이 어쩐 일이십니까?"

노크 소리에 이은 바율의 등장에 후안 사제가 깜짝 놀라며 득달같이 달려왔다.

"방학이라서 오셨다는 얘기는 들었습니다. 그러잖아도 조만간 찾아뵐까 하였는데 이렇게 먼저 오시다니, 혹 몸이 또 불편하신 겁니까?"

그간 바율의 건강을 책임져 온 사람답게 후안 사제는 가장 먼저 바율의 몸 상태부터 점검했다. 겉보기로는 멀쩡했으나 혹시 모르는 일이기에 그의 얼굴에는 대번에 걱정이 스쳤다.

"아니요, 그런 건 아닙니다. 그냥 인사차 들른 거예요."

"아, 그러셨군요!"

"네, 어느 한 곳도 아픈 곳 없답니다."

"듣던 중 제일 반가운 말씀이네요."

후안 사제가 안도하며 그제야 자리를 권했다.

"컹컹!"

들어온 순간부터 꼬리를 팔랑이던 재스퍼가 후안 사제에게서 아무런 반응이 없자 결국 컹컹 짖어 댔다.

"재스퍼!"

뒤늦게 재스퍼를 발견한 후안 사제가 녀석의 머리와 몸통을 쓰다듬었다.

"너도 같이 왔구나! 내가 요새 눈이 어두워서 가끔 이런다니까. 이럴 게 아니라 어서 가서 간식을 내오라고 해야겠다!"

신전에 올 때면 재스퍼에게는 늘 맛있는 간식 하나가 주어졌다. 약속된 방문이 아니어서 미리 준비하지 못했을 뿐, 식당엔 녀석에게 줄 육포가 분명 있을 것이다.

"엘더."

"네, 사제님. 다녀오겠습니다."

대기하고 있던 수도사가 후안 사제의 명이 떨어지기도 전에 재빨리 사라지더니, 잠시 후 따뜻한 차 두 잔과 함께 재스퍼의 간식을 가져왔다.

"감사합니다."

바율은 오랜만에 후안 사제와 마주 앉아 차를 들이켰다. 재스퍼는 이전처럼 그의 발아래에 얌전히 몸을 눕히고 간식을 즐겼다.

평화로운 시간.

어쩐지 옛 생각이 바율을 사로잡는다.

"이곳은 여전하네요."

후안 사제의 집무실은 변한 것이 없었다. 가구며 책 등 모든 것이 그대로였다. 보는 것만으로도 마음이 편해졌다.

"캐링스턴에선 잘 지내셨습니까? 거기는 아마 여름이 시작되었겠군요."

"네, 무더위가 기승을 부리는 시기라고 하더군요. 해밀턴과는 많이 다른 곳입니다."

해밀턴의 여름은 캐링스턴에선 가을 날씨라고 봐야 했다. 현재는 비까지 내리고 있어 평균보다 기온이 훨씬 낮았다.

"캐링스턴의 온후한 기후야 널리 잘 알려져 있지요. 해밀턴도 조속히 안정을 찾아야 할 터인데 말입니다."

말하다 보니 절로 한숨이 새어 나왔다. 반가운 만남인 만큼 기쁜 얘기만 전하고 싶었는데, 그렇지 못한 현실이 안타깝다.

“비 때문에 해밀턴이 많이 어수선하지요? 하루가 멀다 하고 사고가 난다고 하니, 신전이 무척 바쁠 것 같습니다.”

“바쁜 것이 무에 중요한가요. 병자를 제때 치료하지 못해서 그게 더 속상하지요.”

“그만큼 환자가 많은 겁니까?”

“그렇다기보다는 약초가 부족한 형편입니다. 열심히 관리한다고 했는데도 약초밭을 지켜 내는 게 힘에 부치네요.”

“…약초밭이요?”

“네, 이번 비로 신전에서 아끼던 약초밭이 결국 엉망이 되었습니다. 복구하는 데 얼마나 걸릴지…… 후우, 걱정입니다.”

그 문제로 주교가 직접 타 지역으로 출장까지 간 상태였다. 병자를 치료하는 데엔 병의 위중에 따라 그에 맞는 약초를 잘 배합하여 응용하는 것도 실로 신성력만큼이나 중한 일이었다.

해서 대부분의 사제들이 수도사 시절부터 꾸준히 약초학을 함께 공부하는 실정이었다.

“약초밭은 어디 있나요?”

“그건 왜 물으십니까?”

바율의 뜬금없는 질문에 후안 사제가 의아한 표정을 지었다.

"한번 살펴보고 제가 도울 게 있으면 도우려고요."

"아이구, 아닙니다. 도련님께서 하실 일은 아니지요. 일이 매우 험합니다."

"다들 바쁘시잖아요. 혼자 온 것도 아니고, 밖에 건장한 하인 둘과 같이 왔습니다. 온 김에 할 수 있는 만큼은 돕고 가고 싶어요."

바율의 곁에는 약초밭이라면 누구보다 전문가인 셰임이 있었다. 셰임 덕분에 약초학 문제도 맞히고 우승까지 한 전적이 있질 않은가.

몰랐으면 모를까. 안 이상 그냥 두고 볼 수는 없었다.

후안 사제의 말처럼 병은 제때 치료해야 빨리 나을 수 있다. 아픈 영지민들을 위해서라도 바율이 나서야만 했다.

5.

"아고스 녀석, 인기 좋은데요?"

전쟁의 신전을 둘러본 아몬의 첫 소감이었다. 규모도 규모지만, 신전 자체가 잘 관리될 뿐 아니라 방명록을 보니 신도들의 발길도 꾸준하게 이어지고 있었다. 인간계를 거론할 때마다 놈이 으스댔던 이유를 이제야 좀 알 것 같다.

“기사가 많은 곳이다 보니 선호도가 높은 것 같기도 하고. 아무튼 조금 부럽네요.”

“진심으로 하는 소리야?”

“그럼요.”

“그래? 하면 너도 이제라도 잘난 척해 보든가. 내가 도와줄게.”

“신전이라도 지어 주시게요?”

“못할 것도 없지.”

“절망의 신전 같은 거라면 사양하겠습니다. 여기와는 너무 비교돼서요.”

“지금 날 무시하는 건가?”

무표정하던 데스의 얼굴이 삽시간에 살기로 번들거렸다. 그가 무시무시한 눈빛과는 별개로 입가에 미소를 띤 채 상냥하게 물었다.

“혹시 바르처럼 되고 싶어서 그래? 팔이든 다리든 선택은 네가 해도 좋아. 난 언제든 준비되어 있으니까.”

“…죄송합니다.”

데스는 한다면 하는 성격이었다. 아몬은 즉시 자신의 잘못을 깨닫고 사죄를 구했다.

"말실수하는 건 바르 하나로 충분해."

녀석에게 요리를 배워야 한다는 임무만 주어지지 않았어도 진즉에 남은 팔 한 짝도 잘라 버렸을 것이다. 하필이면 덜떨어진 놈이 요리를 담당하고 있어서 데스의 속을 자주 뒤집는다.

"그 자식은 언제쯤 제대로 된 요리를 해내려는지……."

"리타 양이 열심히 가르쳐 준다고 했으니 조만간 진전이 있지 않겠습니까?"

"글쎄…… 영 기대가 안 돼서 말이야."

데스는 리타에게서 처음 받아먹어 본 고기 맛을 아직도 잊지 못한다. 그때 그는 신세계를 경험했다. 매일같이 군내 나고 질긴 고기만 씹어 넘겼던 그에게 그것은 하나의 충격이자 거대한 사건이었다.

"음식 맛이 왜 이렇게 형편없지? 맛있게 좀 못 만드나?"

데스가 처음 그런 불만을 드러냈던 날, 자신의 실력을 모독하는 거냐며 바르가 다소 격앙된 목소리로 대들었었다.

그 대가로 그는 팔 하나를 잃었고, 인간계로 내려와 리타에게서 요리를 배우는 중이었다.

리타의 손맛을 본 데스는 더는 바르의 요리를 먹을 수가 없었다. 맛이 주는 행복감을 알아 버렸기에, 그는 급기야 특단의 조치를 취하기까지 했다.

"그래도 요즘 의욕이 아주 넘치십니다. 안경을 찾아 준 일로 리타 양도 바르 형님을 대하는 것이 많이 달라졌고요. 불편하시더라도 조금만 더 참아 보십시오."

"그놈이 시간을 줄까?"

"조약 사항을 면밀히 검토하는 중입니다. 분명 어딘가에 허점이 있을 겁니다."

"베네눔의 몸에 계속 들어가 있었으면 눈치채지 못했을 텐데, 바보같이 실수를 했어. 아니, 흥분을 했다고 하는 게 맞겠군."

처음엔 수천 년 만에 나타난 정령을 보고 호기심에 이끌렸다. 바율이 기절했던 당시, 신전을 헤집어 놓은 정령들 때문에 오랜 기간 잠들어 있던 데스가 눈을 떴다.

문제는 그다음이었다. 베네눔의 몸으로 받아먹은 고기 맛에 눈이 뒤집혀서 그만 하인으로 취직을 한 것이다. 그 집에 들어가기만 하면 맛있는 음식을 계속 먹을 수 있겠다는 생각에 충동적으로 반신까지 드러냈다.

결론적으로는 매우 만족스러운 시간을 보내게 되었지만, 이사장인지 뭔지가 나타나면서 복잡해졌다.

“여기선 블랙이라고 부른다죠? 베네눔을 다시 불러올까요?”

“됐어. 어차피 들킨 거 뭐 하러 다시 데려와. 그 녀석 몸으로는 먹는 데 한계가 있어서 별로야.”

바율이 블랙이라 이름 붙인 개는 실은 데스가 키우는 애완견이었다. 귀찮은 눈을 피하고자 잠시 녀석의 몸을 빌렸던 것이다.

딴에는 조심한다고 애완견까지 동원했건만, 식탐이란 게 이렇게 무서운 것인 줄 몰랐다. 깐깐하기로 소문이 자자한 놈에게 걸렸으니 뭔가 대책을 강구해야만 했다.

“어젯밤 이곳 영주가 베네눔을 찾더군요. 함께 오지 않아서 서운한 눈치였습니다.”

“신기한 인간이지?”

란데르트 공작을 떠올리는 데스의 눈가에 이채가 어렸다.

“그런 인간은 여태 본 적이 없어.”

촘촘하게 응축된 마나가 전신을 뒤덮고 있었다. 그의 세상에서도 흔하지 않을 정도로 순도 높은 에너지가 인간의 육체에 담겨 있었다.

“그걸 어떻게 버텨 내는 걸까?”

“보통의 인간이었다면 아마 벌써 폭발했겠지요. 그릇의

본질이 아예 다른 것 같습니다."

"데려가서 연구해 보고 싶을 정도야."

"…그게 쉽지는 않을 겁니다."

아몬의 조언에 동의한다는 듯 데스가 고개를 까닥였다.

"날 이상하게 보는 것 같더군."

"저희가 그렇게 평범해 보이지는 않죠."

본신의 모습이 아닌 반신의 상태였지만, 품고 있는 고유의 기운까지 숨길 수는 없었다. 일반인의 눈을 속일 수 있어도, 란데르트 공작 정도라면 의심을 사기에 충분했다.

"아들에게 말하는 건 아니겠지?"

"쫓겨나실까 봐 걱정되시는 겁니까?"

"넌 겁 안 나?"

"저는 뭐 딱히……."

"다시는 리타의 음식을 먹지 못할 텐데?"

폐부를 깊숙이 찌르는 그 말에 아몬은 흠칫 몸을 떨었다. 그제야 앞날이 그려졌다. 이대로 쫓겨난다는 것은 곧 질기고 냄새나는 바르의 음식을 다시 먹어야 한다는 것과 동일했다. 아마도 평생.

"신중하게 고려해 볼 문제이긴 하네요."

"그렇지?"

"예, 제 생각이 짧았습니다."

"그럼 읽어 봐."

"…무엇을 말입니까?"

"미래."

데스가 흔들림 없는 눈빛으로 아몬을 곧게 응시했다. 마계 서열 9위인 그조차 지니지 못한 미래를 보는 눈. 그걸 가진 것이 바로 아몬이었다.

아몬의 감긴 눈이 떠지면 새로운 세상이 펼쳐진다. 그에 따른 대가를 반드시 지불해야만 하는 페널티가 있긴 하지만, 미래를 알 수 있다는 건 상당히 매혹적이고 솔깃한 능력이었다.

"저기, 사령관님."

"말해."

"고작 우리가 쫓겨날지 아닐지 미리 알기 위해 저의 소중한 힘을 사용하는 것은 남용이라고 여겨지는데요."

"지금 고작이라고 했어?"

데스의 말투가 급격하게 사나워졌다.

"내가 이런 거 언제 자주 시켰나? 기억하기로 처음인 것 같은데?"

"그건 그렇습니다만, 꼭 그럴 필요까지……."

"그냥 해."

"마지막으로 재고를 해 보심이……."

"맞고 할래?"

최후의 보루가 무너졌다. 아몬이 최대한 불쌍한 표정을 지어 봤지만 데스는 끄떡없었다.

"…여기서 말입니까?"

"성보다는 낫지 않겠어?"

"제가 눈을 뜨면 어떤 모습으로 변하는지 알고는 계시죠? 이곳에서 그랬다가는 꽤 시끄러워질 텐데요."

"아, 그건 또 그렇군."

솔직히 거기까지는 미처 생각하지 못했다. 정체를 들킬까 봐 걱정하다가 지레 겁먹고 먼저 정체를 드러내는 꼴이었다.

"여기서 뭐 하세요?"

데스가 심한 내적 갈등에 휩싸인 그때, 갑자기 그들 앞에 바율이 나타났다. 온몸이 비에 젖은 채 환하게 웃으며 등장한 바율의 양손에는 풀과 나무뿌리 같은 게 한가득 들려 있었다.

"손에 든 건 뭐지?"

"아, 이거요? 약초로 쓰일 것들이에요."

"안에 계신 줄 알았는데, 나가서 약초를 캐 오신 겁니까?"

"신전에 약초가 부족하다고 하셔서요."

"이 많은 걸 혼자서요?"

"저쪽에 더 있어요."

바율이 신전 바깥을 가리켰다.

"컹컹!"

바율처럼 홀딱 비에 젖은 재스퍼가 그들을 바라보며 컹컹 짖었다. 그런 녀석의 옆에는 약초로 예상되는 듯한 풀들이 산더미처럼 쌓여 있었다.

"손이 부족해서 그러는데, 같이 옮겨 주시겠어요?"

—바율! 내가 할 수 있다니까!

—멍청아! 누가 보고 있을 땐 얌전히 있어야 한다고 했잖아!

—아차! 그랬지. 근데 물귀신! 너 지금 나보고 멍청하다고 했냐?

—뭐야? 물귀신? 너 내가 그 소리 다신 하지 말랬잖아! 죽을래? 물벼락 한번 날려 줄까?

'템페스타! 이노센트!'

약초를 나르기 위해 움직이는 데스와 아몬의 눈을 피해 바율이 짐짓 엄한 표정을 지었다.

'설마 지금 또 싸우는 거야?'

—어? 아, 아니!

—우, 우리 싸우는 거 아닌데?

'오늘 한 약속은 잊지 않았으면 좋겠어.'

—당연하지!

—맞아! 그건 꼭 지킬 거야!

갑자기 악수를 하며 친한 척 구는 두 정령을 보고 있자니 바율은 좀 전의 일이 떠올라 슬그머니 웃음이 났다. 어색함에 두 녀석 모두 입가가 심하게 떨리고 있었다.

6.

"이노센트, 템페스타. 이리로 좀 와 줄래?"

바율이 약초밭에 도착했을 땐 마침 사람이 아무도 없었다. 이때가 기회라 여긴 바율은 주저하지 않고 이노센트와 템페스타를 불러냈다.

울음은 그쳤지만 시무룩하고 기죽은 얼굴로 두 녀석이 금방 모습을 드러냈다. 바율은 어린아이를 타이르듯 최대한 조심스럽고 침착하게 말을 꺼냈다.

"내가 아까 왜 그랬는지 혹시 알고 있어?"

—응…… 화난 거 알아.

—내가 다시…… 미워진 거야.

"화난 건 맞지만, 미워하지는 않아."

—…정말?

"내가 왜 화가 난 것 같아?"

—그거야…… 우리가 바율 말도 안 듣고 막 싸워서…….

—시끄럽게 굴어서…… 그런 거잖아.

이노센트와 템페스타가 불안한 시선으로 바율의 눈치를 살피며 더듬더듬 대꾸했다. 그사이 생각을 많이 했는지 두 녀석 모두 잘못을 확실하게 인식하고 있었다.

"나는 이노센트와 템페스타가 사이좋게 지냈으면 좋겠어."

—싫어! 맨날 물귀신이라고 놀리는 애랑 내가 어떻게 사이좋게 지내?

—나도 싫다! 나는 뭐 너 좋아하는 줄 아냐?

이노센트가 버럭 성을 내자 템페스타도 지지 않고 맞받아쳤다. 내심 기대를 했건만, 아직은 이른 모양이었다. 당장 둘이 우애롭게 지내기는 그른 것 같아 한숨이 푹 나왔다.

"알겠어. 둘 다 싫다면 어쩔 수 없지."

—……?

"이대로 가면 둘 사이에서 나만 힘들어질 게 뻔하니까, 우린 그럼 오늘 아침처럼 지내자. 그게 편할 것 같아."

—아침처럼?

—다시는 나랑 말 안 하겠다는 거야?

어리둥절하던 이노센트와 템페스타가 그제야 바율의 말을 이해한 듯 소스라치게 놀라며 물었다.

"너희가 만나기만 하면 싸우는데 내가 뭘 어떻게 하겠어. 그냥 셰임하고만……."

—아니야! 나 안 싸울게! 나 안 싸울 수 있어!

—그, 그래! 나도! 나도 바율이 하는 말 다 잘 들을 수 있어!

그러니까 제발 그러지 말아 줘.

당장이라도 눈물이 뚝뚝 떨어질 것 같은 얼굴로, 두 정령이 약속이라도 한 듯 동시에 매달렸다.

바율의 차가운 태도는 그들에게 충격이었고, 다시는 겪고 싶지 않을 정도로 무서운 경험이었다.

"그럼 내 부탁 하나만 들어줄래?"

—뭔데? 내가 다 해 줄게, 바율!

—나도 뭐든지 할 거야!

그다음은 일사천리였다. 바율의 계략(?)에 넘어간 녀석들과 셰임이 드디어 본격적으로 약초밭 복구에 나섰다.

셰임이 도랑을 파면 이노센트가 유속을 높여 빗물이 빠르게 빠져나갈 수 있도록 유도했다. 수분기를 잔뜩 머금은 토양에서 이노센트가 물기를 빨아들이자, 셰임이 약초가 잘 자랄 수 있도록 영양분을 불어 넣었다.

셰임이 뽑은 잡초들이 도랑 옆에 수북하게 쌓이면 템페스타가 회오리바람으로 쓰레기들과 함께 멀리 날려 버렸다. 간간이 바람으로 쓰러지거나 기울어진 나무와 약초들을 일으켜 세우기도 했다.

"컹컹컹!"

바쁘게 움직이는 세 정령들의 모습이 시야에 보이기라도 한 듯 재스퍼가 신이 나서는 그 주변을 열심히 뛰어다녔다.

—산에서 약초를 가져오면 바율이 좋아할 것 같은데…….

약초밭의 복구가 끝나갈 즈음, 셰임이 템페스타에게 제안했다. 그가 약초를 채취하면 템페스타가 운반을 하자는 것이었고, 녀석은 흔쾌히 수락했다. 이노센트는 수분을 증발시켜 두 정령이 가져온 약초의 보관이 용이하도록 도와줬다.

바율이 좋아할 거란 셰임의 말은 다분히 의도적이었다. 그는 이미 템페스타와 이노센트를 어떻게 대해야 하는지 터득한 것 같았다.

문제가 발생한 건 후안 사제에게 약초를 전달하고 집으로 돌아가는 길이었다. 능력을 과하게 사용하지 않았음에도 또다시 정령들의 기운이 급격하게 쇠약해진 것이다.

이상한 일이었다.

어째서 또 이런 일이 반복되는 것인지 바율은 혼란스럽기까지 했다.

—하아, 물의 정원에 가고 싶어.

기운 없는 목소리로 이노센트가 중얼거린 것은 그때였다.

물의 정원? 거기는 갑자기 왜?

"……!"

의문은 길지 않았다. 별안간 바율의 뇌리가 번뜩였다. 캐링스턴에서 이노센트가 가장 좋아하는 곳. 그곳 물의 정원 한가운데는 정령석이 있었다.

'나와 똑같은 기운이 흘러나온다는 의문의 돌. 그래, 해밀턴과 캐링스턴이 다른 점이라면 정령석이 있느냐 없느냐, 그 차이야.'

Chapter 4.
어머니의 초상화

1.

성으로 돌아와서도 바율은 고민에 휩싸였다. 정령들의 기력이 빨리 소진되는 이유가 정령석 때문이라는 건 아직 추측일 뿐이었다. 다른 이유가 더 있을지 모른다. 해서 그는 현재 다양한 가능성을 곰곰이 따져 보는 중이었다.

—바율이 또 화난 건가?

그런 바율을 불안한 눈초리로 살피는 이가 있었으니, 바로 템페스타였다. 녀석이 결국 안 되겠는지 이노센트에게 다가가 아주 작은 목소리로 물었다.

녀석은 분명 보았다. 바율이 약초를 건네자 신전의 사제가 몹시 놀라며 감사하다는 말을 무려 열 번이나 넘게 말했다.

이걸 다 어디서 났냐는 사제의 물음에 바율이 성에 있던 것을 가져왔다고 둘러댈 때도 아무 말 없이 눈감아 줬다. 힘들게 일한 건 자신이었지만, 바율이 기뻐하면 그것으로 족했다.

—나 잘못한 거 없지 않아?

공중을 이리저리 왔다 갔다 하는 템페스타의 행동은 지나칠 정도로 예민해 보였다.

—야! 정신없으니까 그만 왔다 갔다 거려.

—말해 봐. 넌 뭔가 알고 있지?

템페스타가 얼굴을 바짝 들이대며 들릴 듯 말 듯한 음성으로 재차 물었다.

—너 진짜 소심하구나?

—뭐?

—눈치 좀 그만 봐. 느끼면 알 수 있잖아.

이노센트가 답답했는지 가슴을 팡팡 치며 턱으로 옆을 가리켰다.

—일단 여기에 좀 가만히 있어.

—네 옆에?

—왜, 싫어?

—좋지는 않아.

템페스타의 솔직한 고백에 이노센트가 잠시 눈을 치떴지만, 오전의 일을 상기하며 애써 참았다.

—그건 나도 마찬가지야. 나라고 네가 좋아서 이러겠니? 다 바율 때문이지. 바율이 싸우지 말라고 하니깐 참는 거지. 으으, 짜증 난다. 짜증 나.

가까스로 말을 삼키며 이노센트가 덧붙였다.

—너는 너무 성급해. 그래서 나랑 안 맞아.

—시비 걸지 마라.

바율의 화를 겨우 풀어 놨다. 템페스타 역시 오늘은 더 이상 문제를 만들고 싶지 않았다.

—알려 달라며? 그만 말할까?

템페스타가 얌전히 이노센트의 옆에 날아가 섰다.

—그럼 이제 느껴 봐. 바율이 지금 어떤 심정인지.

조금만 잘 들여다보면 알 수 있는 걸, 겉모습만 보고 전전긍긍하는 꼴이라니. 한심하기 짝이 없다.

어디서 이런 게 생겨났지?

아무리 생각해도 멍청해.

입 밖으로 뱉어 내고 싶은 걸 이노센트는 겨우 참았다.

—어? 나 때문이 아니구나?

—이제 알겠니?

—응, 뭔가 진지하게 고민 중인 것 같아.

—그럼 이제 네가 할 일도 알겠지?

—뭔데 그게?

멍청할 뿐 아니라 눈치도 없었구나.

이노센트가 혀를 차며 조용히 말했다.

—그냥 가만히 있어. 그게 도와주는 거야.

—그게 끝?

—지금은 그렇다……. 우리 때문에 그런 것 같으니 더 조용히 있어야 한다.

셰임이었다. 창가에 놓인 커다란 화분의 이파리가 흔들거리며 탁한 셰임의 목소리가 들려왔다.

"셰임, 뭐 하나만 물어볼게요."

그때 생각에 잠겨 있던 바울이 발딱 일어나 화분 곁으로 걸어왔다.

—우리 얘기 다 들은 건가?

템페스타의 속닥임에 이노센트가 어깨를 으쓱였다. 바울의 머릿속은 온통 정령석으로 가득했지만, 소심한 템페스타는 여전히 미움 받을까 봐 그게 걱정이었다.

"일전에 타락의 숲으로 저와 친구들을 안내할 때 그랬었죠? 숲에선 더 강해진다고. 그래서 아무도 셰임을 이길 수 없다고."

—그렇다…….

"그럼 이곳에서는 어때요? 성의 뒤에도 넓은 숲이 있는데, 여기서도 그럴 수 있겠어요?"

—흠…… 잘 모르겠다…….

"잘 모르겠다는 건 무슨 의미인가요?"

—확신이 들지 않는다…….

확신이 들지 않는다?

대지와 녹음을 지배하는 땅의 정령이 숲에서 확신을 갖지 못한다는 게 말이 되는 일인가? 심지어 이곳은 타락의 숲보다 훨씬 안전한 곳이었다.

"셰임, 지금 기분이 어때요? 캐링스턴에 비해서 말이에요."

—기력이 점점 돌아오고 있다…….

"혹시 캐링스턴보다 해밀턴에서 움직이는 게 더 힘이 든다거나 그러지는 않나요?"

—조금 불편하기는 하다……. 답답한 느낌을 종종 받으니까…….

—나도! 나도 몸이 개운하지가 않아.

"템페스타도?"

—여기보다는 캐링스턴이 훨씬 좋았어.

—그건 그래. 물의 정원이 그리워.

정령들은 아주 어릴 때부터 바율의 주변을 맴돌았다. 캐링스턴까지 따라온 것도 그들에겐 새끼가 어미를 쫓듯 자연스럽고 당연한 행위였다.

처음엔 셰임이 했던 말이 떠올라 혹시나 했는데, 이노센트와 템페스타까지 그렇다는 건 거의 확신할 만했다.

이제야 뭔가 퍼즐이 맞춰지는 느낌이랄까.

"타락의 숲에서 셰임이 더 강해진다고 말했을 때, 단순히 숲이어서 그런 거라고 생각했어요. 근데 지금 보니 꼭 그거 때문은 아닌 것 같다는 기분이 드네요."

—……?

"셰임이 좋아하는 돌이 거기 있죠? 그걸 보면 편안해진다고, 그러니 타락의 숲은 안전할 거라고 저한테 그랬잖아요."

—맞다……. 타락의 숲은 안전하다.

"난 그 돌을 정령석이라고 부르고 있어요. 아무래도 그 정령석 때문에 셰임과 이노센트, 템페스타가 해밀턴에서보다 강해졌던 것 같아요."

—우리가 강해져?

"응, 정령석에서 좋은 기운이 흘러나온다고 했지? 그게 편안해지게 할 뿐만 아니라 기운을 돋우어 주기도 한 것 같아."

—아! 그 돌덩이라면 나도 맘에 들어.

이노센트가 하도 지랄을 해서 물의 정원에는 가지 못하지만(가끔 바람을 일으켜 화풀이를 하기도 했다), 타락의 숲은 템페스타도 종종 이용하고는 했다.

"아직은 추측이지만, 정령석은 정령계가 멸망하기 전에

정령왕이 세상에 뿌려 둔 거 같아. 새롭게 태어나는 정령들과 정령사를 위해서."

—정령왕……?

—우리가 정령인데, 우리 왕이 따로 있어? 왕이면 내가 막 말도 듣고 그래야 하나?

—난 싫어! 난 바율 아니면 다 싫어!

정령이 셋씩이나 있는데, 정령계에 대해서는 아는 게 하나도 없다. 이런 모순적인 경우가 또 있을까 싶으면서도, 그렇기에 바율은 더 책임감을 느낀다.

지금은 모든 게 추정일 뿐이었다. 확실하게 알기 위해서는 캐링스턴으로 돌아가 확인을 해 봐야 한다. 정령석이 있는 것과 없는 것의 차이를 분명하게 알아내면, 틀림없이 어떤 비밀이……!

"아! 자연재해!"

불현듯 떠오른 생각에 바율이 발로 바닥을 힘주어 찼다. 황궁에서 에이단과 대화 중 녀석이 분명 그랬다. 캐링스턴이 이상한 거라고. 온 나라가 재해로 몸살을 앓고 있는데, 캐링스턴만 멀쩡해도 너무 멀쩡하다고.

그땐 그저 축복이겠거니 했는데, 어쩌면 단순한 우연이 아닐 수도 있다.

만약 정령석이 영향을 끼치고 있는 것이라면?

자연을 조율하는 것이 정령이 해야 할 일이다. 그걸 정령석이 대신하고 있는 거라면 모든 게 설명 가능했다.

정령석에서 흘러나오는 기운이 무너지는 자연의 균형을 맞춰 주고 있는 것은 아닐까?

바율의 가설이 맞는다면, 자연재해가 심하지 않은 지역에 또 다른 정령석이 있을지도 모른다.

정령석의 진짜 힘.

그걸 알아내야 했다.

친구들에게 얼른 이 소식을 알리고 싶은데, 방학 중이라 그럴 수 없다는 게 한탄스럽다.

"후우, 일단 지금은 책을 더 찾아보자!"

바율이 해밀턴에 돌아오면 하고자 했던 일 중 하나가 서고를 뒤지는 것이었다. 위대한 길을 향한 안내서와 같은 정령에 관한 책이 어딘가에 있을 수도 있기 때문이다.

—바율, 무슨 책?

—우리가 도와줄까?

"그래 줄래?"

적극적으로 나서주는 녀석들이 고맙기도 하면서 귀여워서 바율은 피식 웃음이 났다.

"최대한 낡고 오래되어 보이는 책이면 돼. 서재가 본성 곳곳에 있으니까, 다들 퍼져서 함께 찾아보자."

—알았어!

—나만 믿어, 바율!

이노센트와 템페스타가 경쟁이라도 하듯 쏜살같이 사라졌다. 셰임도 대답은 없었지만 벌써 움직이고 있을 것이다. 바율도 게으름을 피울 순 없었다. 책을 찾을 수 있을 거란 보장은 어디에도 없지만, 해 볼 만큼은 해 봐야 했다.

“역시 없는 건가.”

시간이 얼마나 흘렀는지 모를 정도로 열심히 몰두했다. 어느덧 해가 기울어져 가고 있었다. 안 그래도 흐린 날씨 탓에 실내가 어둑했는데, 촛불을 켜야 할 만큼 캄캄해졌다.

“여기 계셨습니까?”

식사도 미룬 채 한 손에 초를 들고 바율이 책장을 살피고 있을 때였다. 서재의 문이 열리며 데스와 아몬이 들어왔다.

“두 분은 무슨 일인가요?”

“아, 저희는 청소 중입니다.”

“…청소요?”

“네, 커닝 집사님의 명으로 성 구석구석을 깨끗이 치우는 중이랍니다.”

“청소 도구도 없이 말입니까?”

청소를 하러 왔다는 사람들이 아무것도 없는 빈손이었다. 빗자루도, 쓰레받기도, 하물며 걸레조차 보이지 않는다.

"아, 그건……."

"책을 찾는 중인가?"

데스가 어슬렁어슬렁 바율 곁으로 다가왔다. 어둑한 실내 탓인지 유독 그의 존재감이 크게 느껴졌다.

어둠과 데스.

그 둘의 조화가 매우 잘 어우러진다는 이상한 생각이 문득 들었다.

"무슨 책이지?"

"그냥 좀…… 찾을 게 있어서요."

"저희가 돕겠습니다. 제목을 말씀해 주시겠어요?"

아몬이 특유의 부드러운 말투로 바율을 돕고자 나섰다. 마음은 고맙지만 그들에게 정령에 대해 말을 해도 되는 건지 아닌지, 바율은 순간 번민에 휩싸였다.

정령이 무엇인지도 모를 게 뻔하지 않은가. 어디서부터 어떻게 설명해야 할지 바율은 전혀 준비가 안 되어 있었다.

"아, 말씀하시기 곤란하시면 괜찮습니다. 제가 감각이 예민한 편이라서 뭔가를 잘 찾아내거든요. 가령 예를 들면 저 뒤편에 있는 비밀스러운 공간이라든가, 뭐 그런 거 말입니다. 하지만 다들 사정이라는 게 있는 거니까 거절하셔도 충분히 이해합니다."

"비밀스러운…… 공간이라니요?"

아몬의 손이 가리킨 곳은 책이 빼곡하게 꽂혀 있는 책장이었다. 그가 무슨 말을 하는지 바율로선 쉽게 이해가 안 갔다.

"엑? 모르셨습니까?"

바율이 당연히 알고 있을 줄 알았다는 양 아몬이 깜짝 놀라며 애꿎은 머리칼을 매만졌다.

"제가 제대로 들은 게 맞는다면, 이 책장 뒤에 어떤 공간이 있을 거다, 뭐 그런 말씀이세요?"

"네, 꽤 넓습니다."

평생을 성에서 지낸 바율도 모르던 사실이었다. 감각이 얼마나 예민하면 이런 걸 알 수 있는 건가 싶은 한편, 비밀스러운 공간에 대한 호기심이 바율을 강하게 짓눌렀다.

"열어 드릴까요?"

"…가능한가요?"

"별로 어렵지는 않습니다."

아몬은 뜸 들이지 않았다. 그가 곧장 책장으로 다가가 쓱 한번 훑더니, '그렇군' 한마디를 내뱉으며 군데군데 책을 반쯤 뽑아 걸쳐놨다.

그러자 신기한 일이 벌어졌다.

철컥, 하는 어떤 소리와 함께 책장이 스르륵 뒤로 물러나는 것이 아닌가? 그리고 정말로 눈앞에 새로운 공간이 턱 나타났다.

"들어가 보시겠습니까?"

바율은 얼결에 고개를 끄덕이며 조심스럽게 발걸음을 옮겼다. 사면이 꽉 막힌 공간이라서 서재보다도 훨씬 캄캄했다.

손에 들고 있던 초라한 촛불에 의지한 채 방 안을 조심스럽게 살폈다. 오랫동안 비어 있었는지 온통 먼지로 가득했다.

바닥엔 붉은색 카펫이 깔려 있고, 소파와 탁자 등 별로 특이할 것 없는 심심한 방이었다. 왜 이런 곳이 비밀스럽게 잠겨 있는지 바율로선 당최 이해할 수가 없었다.

"……!"

그러다 그것을 발견했다. 무심코 촛불을 옮기던 바율의 손이 뒤로 돌아가며 한쪽 벽면을 비췄다.

"초상화로군."

어느새 다가온 데스가 품평하듯 그림을 바라봤다.

"무척 아름다운 여인이네요."

아몬이 보이지도 않는 눈으로 감탄하며 말했다.

"근데 누구지? 성에서는 못 본 것 같은데."

"…어머니세요."

어릴 적 아버지가 숨겨 놨던 초상화를 겨우 찾아냈을 때, 사다리에서 떨어져 다리가 부러지는 바람에 아버지께 호되게 혼이 났었다. 다리가 낫고 나서 다시 초상화를 찾아봤지만, 이후로 다시는 볼 수 없었다.

"여기에 숨겨 놓으셨던 거군요."

그러니 찾지 못했겠지.

초상화 속의 어머니는 여전히 눈부시게 아름다웠다. 실제로는 뵌 기억조차 없는 나의 어머니. 생각지도 못했던 그녀와의 만남에 바율의 두 눈에 그렁그렁 눈물이 맺혔다.

2.

"이거 받으십시오."

한참을 멀거니 초상화만 바라보고 있었다. 그런 바율을 잠자코 지켜보던 아몬이 품에서 손수건을 꺼내 바율에게 건넸다.

"…감사합니다."

바율은 그제야 자신의 뺨에 눈물이 흐르고 있음을 자각했다. 그가 자유로운 한 손으로 손수건을 받아 얼굴의 물기를 지웠다.

"어머니가 참 미인이십니다."

분위기를 바꿔 보고자 아몬이 짐짓 밝은 톤으로 이야기

를 꺼냈다.

"생전에 어떤 분이셨습니까? 느껴지기로는 매우 다정다감하셨을 것 같은데요."

"…그래 보이나요?"

"네, 인품도 아주 훌륭해 보이십니다. 도련님을 많이 아끼고 사랑해 주셨을 것 같군요."

"…맞아요. 그러셨을 거예요."

어머님이 살아 계셨더라면 분명 그러하셨을 것이다. 바일과 함께 어머니의 품에 안겨 까르르 웃는 모습을 얼마나 자주 상상했던가. 어머니의 부드러운 손길이 형과 자신의 머리를 쓰다듬는 장면도 수없이 꿈으로 꾸고는 했었다.

"우리를 낳다가 돌아가시지만 않았어도 말이죠……."

"앗, 그렇게 일찍……."

슬픔에 찬 바율의 얼굴을 보고 사별했음을 짐작만 했지, 그토록 빨리 유명을 달리했을 줄은 미처 몰랐다. 아몬은 자신이 괜한 것을 질문했나 싶어 내심 당황스러웠다.

"근데 어머니의 초상화가 왜 이런 곳에 있는 거지?"

그때 데스가 불쑥 물었다.

"청소하면서 수많은 액자를 봤지만, 이 여인은 어디에도 없었거든. 왜지?"

"…아버지가 그리하라 하셨으니까요."

"……?"

"어머니를 보는 것이 괴로우셔서 전부 치우라 명하셨습니다."

그리고 그리우실 때면 홀로 이곳에 들어와 한참을 바라보셨겠지요. 지금의 저처럼 말입니다.

'바일과 함께 찾아냈어야 했는데…….'

그랬다면 형이 얼마나 기뻐했을까. 바일의 기일이 다가올수록 형을 보고 싶은 간절함과 자신이 저지른 잘못에 대한 견딜 수 없는 죄책감이 바율의 목을 점점 조여 왔다.

"그런 사정이 있었던 것이군요. 그런 줄도 모르고 제가 공연히 나서서 그만 실례를 범했습니다."

"아닙니다, 아몬. 덕분에 어머니를 다시 만나게 되어서 너무 좋은걸요. 진즉에 알았더라면 훨씬 좋았겠지만, 이제라도 이렇게 뵙게 되어서 기쁠 따름입니다."

이제는 어머니가 생각날 때마다 올 수 있는 공간이 생겼다. 방학이 끝나면 캐링스턴으로 돌아가야 한다. 그 전까지 꽤 여러 번 이곳을 찾을 것 같은 예감이 들었다.

"그 목걸이는 유품인가 보군."

바율의 목에 걸린 목걸이와 똑같은 것이 초상화 속 여인의 목에도 걸려 있었다. 어째선지 데스가 거슬린다는 눈빛으로 바율의 목걸이를 쳐다봤다.

'아, 반지!'

그리고 그때 바율은 어머니의 손가락에 끼워진 반지에 시선이 멎었다.

대양의 눈.

인어국의 보물이라는 한 쌍의 반지.

'그래, 어쩌면 여기에 반지도 있을지 몰라!'

별안간 바율이 화들짝 놀란 사람처럼 주위를 두리번거리자 데스와 아몬도 덩달아 주변을 휘둘러봤다.

'저 서랍에 혹시……!'

방의 한쪽 구석에 서랍장이 하나 놓여 있었다. 바율은 즉시 달려가 초를 내려놓고 서랍을 열었다.

하나, 둘, 셋……. 하지만 전부 비어 있었다. 총 다섯 칸의 서랍에 든 것은 회색의 먼지뿐이었다.

"혹시 책을 찾으십니까?"

"…네?"

"좀 전에 저쪽 서재에서도 뭔가를 찾으시는 것 같기에……."

그걸 돕겠다고 나섰다가 숨은 공간을 발견하고 초상화까지 찾게 된 것이었다. 아몬이 아니었으면 절대 일어날 수 없는 일이었다.

"반지요. 책이 아니라 반지를 찾고 있어요."

더 이상 주저함은 없었다. 바율은 초상화 속 어머니의 반지를 가리키며 부탁했다.

"어머니가 끼고 계신 저 반지요. 혹시 함께 살펴봐 주시겠어요?"

"그럼요. 이 안에만 있다면 반드시 찾아낼 수 있습니다."

아몬이 자기만 믿으라는 듯 호언장담을 하더니 몸을 움직여 탐색에 나섰다. 데스는 제자리에서 팔짱을 낀 채 대충 두리번거릴 뿐, 별 관심을 보이지 않았다.

바율도 가만히 있을 수 없었다. 그가 다시 초를 들고 샅샅이 방 안을 훑었다. 벽과 천장은 물론 카펫까지 들춰 가며 남김없이 살폈다.

하나 기대와 달리 반지는 나오지 않았다. 아몬도 이번에는 신통치 않은지 난처해하며 머리를 긁적였다.

"에고, 아무래도 이곳에는 없는 것 같은데…… 어쩌죠?"

실망한 듯한 바율의 표정이 마음에 쓰인 듯 아몬이 고개를 푹 숙였다.

"우리끼리 이럴 게 아니라 물어보는 게 더 빠를 것 같은데."

데스의 발언에 바율이 힘없는 목소리로 대꾸했다.

"아버지는 어머니의 초상화를 보시는 것만으로도 힘들

어하시는 분입니다. 그런 아버지께 제 욕심을 채우고자 함부로 여쭐 수는 없어요."

"누가 아버지한테 물어보래?"

데스가 어이없다는 듯 말을 이었다.

"여기를 만든 사람. 즉, 초상화를 숨겨 둔 사람이라면 반지의 행방도 알고 있지 않겠어?"

"이곳은 아버지께서 만드신……."

"지시만 내렸겠지."

"……!"

"명령을 내리면 그걸 실천하는 자들은 늘 따로 있는 법이거든."

생각지도 못한 발상이었다. 데스의 말이 옳다. 아버지는 누군가에게 이 일을 맡겼을 것이다. 영주인 아버지께서 직접 하셨을 리가 없다.

누가 했을까?

떠오르는 사람은 딱 한 명뿐이었다.

본성에서 이뤄지는 모든 상황을 확인하고 관리 감독하는 사람.

바울이 아는 한 그런 자는 커닝 집사, 그밖에 없었다.

3.

바율이 커닝 집사의 집무실을 방문했을 때 마침 그는 자리를 비운 상태였다. 하인들에게 자신이 찾는다고 전하라 명할 수도 있었지만, 바율은 마음을 가라앉히며 기다리기로 했다.

어머니의 초상화를 찾았다. 그때의 심장의 두근거림이 여전히 지속 중이었다. 커닝 집사가 돌아오면 어떤 식으로 어떻게 물어볼 것인지 머릿속으로 정리하는 시간이 필요했다.

그렇게 얼마나 지났을까.

"바율 도련님! 도련님께서 제 집무실엔 어쩐 일이십니까?"

커닝 집사는 오래지 않아 돌아왔다. 그가 어딘지 흥분한 기색으로 집무실로 들어섰다.

"여쭤볼 것이 있어서 잠시 들렀습니다. 한데 성에 무슨 일이라도 생겼나요?"

"아아, 별일은 아닙니다. 그냥 좀 놀라는 바람에……. 하하, 그러고 보니 이게 전부 도련님 덕분이었네요."

"네?"

웃음을 터뜨리는 커닝 집사를 바율이 이해할 수 없다는 듯 쳐다보자 그가 설명했다.

"그 삼 형제 말입니다. 이름이 데스와 바르, 아몬이라고 했지요?"

"그들 형제가 왜요?"

"리타가 하도 극찬을 하길래 어느 정도인가 싶었는데, 청소 솜씨가 보통이 아닙니다. 하루 사이에 성내가 어찌나 깔끔해졌는지, 제 눈으로 직접 보고 왔는데도 믿기지가 않을 정도입니다."

하늘에 구멍이라도 난 듯 쉬지 않고 쏟아지는 비 때문에 엉망인 곳이 한두 군데가 아니었다. 볕을 볼 기회가 없어 곰팡이로 얼룩진 곳도 심심찮게 늘었다.

한데 삼 형제의 놀라운 활약으로 본성이 드디어 제 색을 찾고 있었다. 앓던 이가 싹 빠진 기분이랄까.

"특급 보너스를 챙겨 줄까 생각 중인데, 도련님 의향은 어떠십니까?"

"동생들이 많다고 들었어요. 수고에 대한 정당한 대가이니 괜찮은 생각 같습니다."

"리타 녀석 말로는 그들 삼 형제를 도련님께서 직접 뽑으셨다더군요. 이 자리를 빌려서 진심으로 감사하단 말씀을 전합니다."

커닝 집사는 해밀턴 성내의 모든 대소사를 책임지는 집사장이었다. 누구는 청소를 별거 아니라 여길 수도 있겠으나, 그가 가장 신경 쓰는 부분이 성의 청결이었다. 위생과도 직결되는 문제이거니와 손님이 방문했을 시 첫인상을 결정하는 데에도 큰 영향을 끼치기 때문이다.

긴 폭우로 치워도 치워도 끝이 없음에 한계를 느끼던 찰나였는데, 데스 형제의 귀신같은 솜씨로 성이 완전히 탈바꿈되었다.

커닝 집사에게 그들 형제는 그야말로 복덩이 같은 존재들이었다.

“저야말로 감사드립니다. 리타가 커닝 집사님을 많이 괴롭혔다지요?”

“캐링스턴에 보내 달라고 떼쓴 것 말입니까?”

그때만 생각하면 진저리가 난다는 듯 커닝 집사가 고개를 저었다.

“리타 덕분에 주말이 더 기다려졌거든요. 해밀턴을 떠나오고 많이 불안했었는데, 리타가 있으니 왠지 든든하기도 하고 한결 마음이 편했습니다. 녀석을 호되게 꾸짖었을 수도 있었을 텐데, 그러지 않아 주셔서 감사해요.”

“갓난아기 때부터 봐 온 녀석입니다. 제게도 도련님만큼이나 소중한 녀석이죠. 그런 녀석을 계속 울릴 수는 없지 않겠습니까?”

매일을 퉁퉁 부은 눈을 하고선 찾아왔었다. 캐링스턴 내의 일은 이언 경의 책임이기에 커닝 집사가 끼어들기가 조심스러웠지만, 도저히 두고 볼 수 없어 독단으로 먼저 결정을 내리고 후에 영주께 보고를 올렸다.

"하니 그리 감사해하실 필요 없습니다. 본디 저희 같은 이들의 할 일이 영주님과 도련님을 성심껏 보필하는 것 아닙니까. 저희는 그러면서 보람과 행복을 얻으니 따로 굳이 감사하단 말씀 같은 건 하지 않으셔도 됩니다."

"아니요. 그래도 고마운 건 고마운 거니까요."

"……?"

"앞으로도 그럴 때마다 잊지 않고 말씀드릴 겁니다."

커닝 집사는 적잖이 매우 놀랐지만, 티를 내지 않기 위해 부단히도 애를 썼다. 어젯밤 본관 홀에서 처음 뵀을 때도 느낀 거지만, 정말이지 많은 것들이 달라지셨다.

모든 면에서 당당해지셨다고 해야 할까?

이전에는 지금처럼 똑 부러지게 뭔가를 말씀하신 기억이 없었다. 그렇다고 요구가 아예 없었던 것은 아니지만, 어쨌든 뭐라 설명하기 힘든 단호함이라고 해야 할까?

캐링스턴에서 어떤 일을 겪으셨는지는 몰라도 커닝 집사 입장에선 대단히 환영할 만한 일이었다.

대 란데르트 공작가의 유일한 후계자가 아니시던가. 모시는 자로서 뿌듯함마저 느껴졌다.

"제게 여쭤보실 게 있어서 기다렸다고 하셨죠? 곧 영주님께 하루의 마무리 보고를 하러 가야 합니다. 얼른 물어봐 주십시오.”

“그 전에 아버지께는 비밀로 해 주셨으면 합니다.”

“…비밀이요?”

“네, 반드시 약조해 주셔야 합니다.”

바율이 곧은 시선으로 커닝 집사를 직시했다. 그 순간 그저 그런 이야기는 아닐 거란 예감이 강하게 들었다. 솔직한 심정으로는 피하고 싶기도 했다.

하지만 해밀턴에 오랜만에 돌아온 도련님인데 거절하기가 쉽지 않다. 뭐라도 해 드릴 수 있는 만큼은 해 드리고 싶었다.

“알겠습니다.”

“절대 함구하셔야 합니다.”

“제 입이 그리 가볍지는 않으니 안심하십시오.”

그가 언행에 있어 가벼움이 있었다면 결코 집사장의 위치에 올라가지 못했을 것이다. 바율은 그를 믿고 털어놓았다.

“어머니의 초상화를 발견했습니다.”

“…어머님이라시면 공작 부인의 초상화를 말씀하시는 겁니까?”

“네.”

말은 안 했지만, 커닝 집사의 얼굴엔 그걸 어떻게 찾아냈냐는 무언의 물음이 담겨 있었다.

"서재 뒤에 감쪽같이 숨겨 놓으셨던데요."

"……!"

"역시 커닝 집사님은 알고 계실 줄 알았습니다."

놀라는 것을 보니 확실하다. 바율은 바로 본론으로 들어갔다.

"초상화 속 어머니께서 끼고 계신 반지. 그걸 찾고 있습니다. 어디에 보관 중인지 혹시 알고 계시나요?"

"…반지요? 갑자기 그 반지는 왜……?"

전연 생각지도 못한 말에 커닝 집사가 의아한 표정을 지었다.

"이유는 아직 말씀드릴 수 없습니다. 그저 한 나라의 운명이 달려 있다고만 생각해 주세요."

"한 나라의 운명이라고요?"

그보다 황당한 말은 들어 본 적 없다는 듯 커닝 집사의 얼굴이 일그러졌다. 공작 부인의 유품이라는 것만 빼면 그저 단순히 비싼 반지일 뿐이질 않은가.

하지만 마주한 바율의 태도가 너무 진지해서일까. 괜한 긴장감에 커닝 집사의 이마에서 땀방울이 주룩 흘러내렸다.

Chapter 5.
아무것도 없었다

1.

“초상화가 있는 방을 뒤져 봤지만, 반지가 나오지 않았습니다. 제게는 무척 중요한 일이니 꼭 말씀 부탁드립니다.”

바율은 간절했다. 반지를 찾는다고 해서 당장 뭘 어떻게 할 수 있는 것은 아니었다. 그저 눈으로 확인이라도 하고 싶었다.

펜던트와 달리 초상화로밖에 보지 못한 반지였다. 그 반지가 정말 퀸이 찾는 대양의 눈이 맞는지, 그렇다면 그것을 어머니께선 어디서 나셨는지 그 의문을 풀어내는 것은 다음 문제였다.

"도움이 되어 드리지 못해 송구하단 말씀 먼저 올려야 할 것 같습니다. 반지의 행방은 저도 알지 못합니다."

"모르신다고요?"

"네, 도련님. 애타게 찾으시는 듯한데 정말 죄송합니다."

"이해가 안 가요. 아버지의 명으로 커닝 집사님께서 초상화와 반지를 치우신 것 아닌가요? 그런데 어떻게 모르실 수가 있죠?"

커닝 집사라면 당연히 알고 있을 거라고 생각했다. 그랬기에 바율은 심히 당혹스러웠다.

"어릴 적 초상화를 찾으시다가 다리를 다치셨던 일을 기억하고 계십니까?"

"잊기 힘든 사건이죠."

"서재 뒤에 비밀스러운 공간을 만든 것이 그때입니다. 영주님께서 다시는 같은 일이 벌어지지 않도록 조치를 취하라 명하셨습니다."

해서 직접 입이 무거운 하인을 골라 방을 만들고 기술자를 불러 비밀의 문을 완성했다.

"그 당시 기억하기로 반지는 영주님께서 직접 처분하셨습니다."

"처분이요? 설마 버렸다는 말씀인가요?"

"그럴 리가요. 영주님께서 알아서 처리하셨다는 뜻입니다. 이후로 어디서도 보지 못하였습니다."

그렇다는 건 아버지께서 따로 어딘가에 보관하고 있다는 것을 의미했다.

"…혹시 서재 뒤의 방과 같은 곳이 성내에 또 있습니까?"

"제가 알기로는 없습니다."

정녕 아버지께 물어보는 방법밖에는 없는 것인가. 바일의 기일이 다가오는 이때, 어머니의 얘기까지 꺼내는 것은 아버지에게 너무 가혹한 일이었다.

물의 정령왕, 다프네그란데.

어머니께선 정말 그녀에게서 반지를 받으신 걸까?

왜? 어떠한 연유로?

물의 정령왕과는 무슨 관계이신 것일까?

…인간이시긴 한 걸까?

갑자기 너무나 많은 생각들이 바율의 머릿속을 헤집었다.

"바율 도련님? 괜찮으십니까?"

바율의 안색이 급격히 어두워지자 커닝 집사는 덜컹했다. 또다시 몸이 안 좋아지신 것은 아닌지 염려가 든 까닭이다.

대체 그 반지가 무엇이기에 자신에게까지 찾아와 행방을 묻는 것인지 커닝 집사는 도저히 알 수가 없었다.

"커닝 집사님."

"네, 말씀하십시오."

"어머니는 어떤 분이셨습니까?"

"……!"

바율이 놀랄 만한 질문을 한 것도 아닌데 커닝 집사의 어깨가 흠칫 떨렸다. 그건 그만큼 어머니에 대한 얘기를 하는 것이 성내에서는 금기였다는 것을 뜻했다.

"…좋은 분이셨습니다. 오래 모시지는 못했지만, 저희 같은 아랫사람에게도 친절하시고 잘 웃어 주셨지요. 무뚝뚝한 영주님께서도 마님을 따라 자주 웃음 짓고는 하셨습니다. 나라가 전쟁 중임에도 본성은 매일 웃음소리로 넘쳐났죠."

란데르트 공작이 가장 행복했던 때가 언제냐고 묻는다면, 커닝 집사는 단연코 그때라 말할 수 있었다.

영주님을 유일하게 미소 짓게 하던 분.

그것만으로 커닝 집사는 공작 부인을 진심으로 섬겼다.

"전쟁 중 우연히 만나 아버지께서 직접 어머니를 모셔왔다고 하셨죠? 어느 지역이었는지 기억하십니까?"

"지역까지는 오래전이라 잘 기억이 나질 않습니다만, 산골 마을이라고 했던 것 같습니다."

"산골 마을이요?"
"네."
"그래서 그러셨을까요? 뒷산에 자주 오르시곤 하셨습니다. 특히나 비가 오는 날엔 꼭 산책을 나가셨죠."
"비가 오는 날에요?"
대부분은 그 반대일 것이다. 맑고 화창한 날에 걷기를 좋아하지, 비 내리는 축축한 날씨에 산책하는 사람은 거의 본 적이 없다.
"유난히 비를 좋아하셨습니다. 그래서 영주님의 만류에도 매번 우산도 없이 비 맞는 것을 즐기고는 하셨지요."
"…비를 좋아하셨다고요?"
"네, 가끔 내리는 비를 보고 있으면 마님이 생각날 때가 있습니다. 혹시 하늘 어딘가에서 이 비를 뿌리고 계신 것은 아닌가, 하는 이상한 상상까지 하면서 말입니다."
본인이 생각해도 우습다는 듯 커닝 집사가 싱겁게 웃었다.
"제가 답할 수 있는 것은 다 한 것 같은데, 그럼 저도 이제 뭐 하나만 여쭤도 되겠습니까?"
"…네, 물어보세요."
바율은 멍한 눈을 들어 커닝 집사를 바라봤다. 어머니가 비를 유난히 좋아하셨다는 말이 온통 뇌리를 뒤덮고 있었지만, 침착하려 애썼다.

"갑자기 마님에 대해서는 왜 물으시는 겁니까? 혹시 한 나라의 운명이 걸렸다는 그 반지 때문인가요?"

"…이유가 수만 가지라서 뭐부터 말씀드려야 할지 모르겠네요."

모든 건 정령으로부터 시작되었다. 어째서 자신이 정령사가 되었는지, 대양의 눈이 왜 어머니에게 있는 것인지, 펜던트에는 무슨 힘이 담겨 있는지 등 모든 출처를 따라가다 보니 그 끝에는 전부 어머니가 있었다.

자신을 낳자마자 돌아가셨기에 일면식도 없는 분이었다.

그런 어머니의 비밀스러운 과거를 캐내야 한다.

어디서부터 이 실마리를 풀어야 할까…….

"하나만 굳이 말씀드리자면, 궁금해졌습니다. 저를 낳으신 분이 살아생전 어떤 분이셨는지 알고 싶어졌어요."

그게 가장 큰 이유였다.

어머니가 인간이셨든 아니든 상관없다.

바율이 원하는 건 그저 어머니의 흔적을 찾아가는 것뿐이었다.

2.

커닝 집사와 헤어진 후 바율은 다시금 서재로 돌아왔다. 책을 읽기 위해서는 아니었다. 그저 생각할 시간과 공간이 필요했다.

"유난히 비를 좋아하셨습니다."

어째서 그 말이 자꾸만 입안을 맴도는 것일까. 이상할 정도로 신경이 쓰였다. 비를 좋아하는 사람은 세상에 많고도 많다. 지금처럼 연일 쏟아지지만 않는다면, 바율도 빗소리를 좋아하는 편이었다.

한데 커닝 집사의 말을 듣는 순간 바율은 어쩐지 이노센트가 떠올랐다. 녀석 역시 비만 오면 산책 나가듯 밖을 쏘다닌다. 빗속에서 까르르 웃어 젖히는 녀석을 볼 때면 여느 때보다 기쁘고 행복해하고 있음을 느낄 수 있었다.

이노센트는 물의 정령이었다.

대양의 눈의 전 주인은 물의 정령왕, 다프네그란데다.

그리고 어머니는 비를 좋아하셨다.

이게 그냥 우연일 수 있을까?

꺼림칙하게 여겨지는 게 단순한 억측일 뿐인가?

아무리 생각해도 답이 나오질 않는다. 어머니에 대해 가장 잘 알고 있는 것은 아마도 아버지일 것이다. 당장 달려가 묻고 싶었다.

하지만 지금은 때가 좋지 않다. 기실 아버지가 어머니에 대해 얼마나 아실지도 의문이었다.

갑작스러운 만남에 이은 짧은 결혼 생활.

어쩌면 아버지 역시 많은 것을 알지 못하실 수도 있었다. 묻기보다는 기다려 주시는 편이시니까.

"도련님! 저녁밥도 안 드시고 여기서 뭐 하시는 거예욧!"

바율이 고뇌에 빠져 있을 때, 갑자기 리타가 성을 내며 서재의 문을 열었다.

"식사는 꼭 제때 드셔야 한다고 제가 수없이 말씀드렸잖아요. 해밀턴에 돌아오시자마자 이러시기예요?"

그녀가 발을 쿵쿵거리며 실내로 들어섰다.

"이러다 또 쓰러지시면 어떡하시려고 그래요? 저 정말 애타서 우는 것 보고 싶으세요?"

리타가 양손으로 허리를 잡고 바율의 앞에 딱 와서 섰다.

"당장 식사부터 하러 가세요. 안 그러면 저 절대 가만히…… 도련님?"

그제야 이상함을 감지한 리타였다. 그녀가 다 떨어져 가는 촛불 하나에 의지한 채 미동도 없이 앉아 있는 바율을 보고 철렁하며 얼른 손으로 이마를 짚었다.

“아닌데, 열은 없으신데?”

“어, 리타. 왔어?”

바율이 상념에서 깨어나며 희미한 웃음으로 리타를 반겼다.

“도련님, 어디 아프세요? 오늘따라 왜 이렇게 기운이 없으세요?”

“…그래 보여?”

“네. 아까 낮에까지만 해도 기분 좋아 보이셨는데…….”

리타가 속이 상한 듯 소파에 털썩 주저앉았다.

“무슨 일이신데요. 저한테 말씀해 보세요.”

“아니야…… 아무것도.”

“저는 도련님을 속일 수 있어도, 도련님은 제 눈 못 속이는 거 아시죠?”

“리타도 그렇게 연기가 훌륭한 편은 아니거든.”

“그래도 전 중간이라도 가지, 도련님은 아주 저 밑에 계시거든요.”

바율의 기분을 살피는 게 리타의 할 일이었다. 해밀턴에 돌아와 영주님과의 시작도 괜찮았고, 신전에서 좋은 일까지 있었다고 하신 도련님이 어째서 지금은 죽상을 하고 계신지 알아야 했다.

"뭔데요. 빨리 말씀하시고 식사하러 내려가세요."

"…그냥 어머니 때문에……."

"돌아가신 마님 말씀이세요?"

"응, 커닝 집사님에게 갔다 오는 길이야. 어머님에 대해 좀 여쭤볼 게 있어서."

"뭘 물어보셨는데요?"

"예전에 있었던 특별한 이야기 같은 거?"

"그래서, 뭐 좀 들으셨어요?"

"아니. 별로 없더라고."

힘없이 툭 내뱉는 바율을 향한 리타의 눈에 안쓰러움이 번졌다. 마님께서 산고를 이기지 못하고 바로 돌아가시는 바람에 하나뿐인 어머니의 품에 안겨 보지도 못한 불쌍하신 분이었다.

어려서는 리타의 엄마이자 유모였던 아리엘에게 엄마라고 부른 적도 있었다.

> "리타야. 바일, 바율 도련님을 네 몸처럼 아끼고 돌봐야 한다. 이 엄마와 약속해 줄 수 있지?"

어머니의 유언은 당신의 뒤를 이어 도련님을 잘 모시라는 것이었다. 뒤에 사랑한다는 말씀도 여러 번 덧붙이셨지만, 우느라고 제대로 답도 하지 못했다.

행복했던 엄마와의 시간들.

비록 돌아가셨지만, 리타에게는 많은 추억이 있었다. 하나 그녀의 도련님은 작은 조각 하나도 없다. 리타는 항상 그것이 마음 아팠다.

"그럼 제가 얘기해 드릴까요?"

"응? 리타가 특별히 아는 게 있었어?"

"그럼요. 가끔 엄마에게서 들었는걸요. 비를 굉장히 좋아하셨대요. 비를 보는 것도, 맞는 것도 전부 다요."

"알아, 커닝 집사님도 그 말씀을 하셨어."

"근데 희한하게 감기 한 번을 안 걸리셨대요."

"…감기?"

"네, 비를 맞으면 체온이 내려가서 으슬으슬 추워지기도 하잖아요. 그런데 마님께선 추위를 전혀 타지 않으셨대요. 한여름도 아닌데 말이에요."

왜 이 순간 또 이노센트가 떠올랐을까. 생각해 보면 녀석 역시 추위 타는 것을 본 적이 없었다.

"또 다른 이상한 점은 없었어?"

"이상한 점이요?"

"응, 아무리 생각해도 믿기 힘든…… 뭐 그런 것들 있잖아."

"글쎄요. 그런 게 뭐가 있지? 잘 기억이……!"

"…리타?"

별안간 리타의 표정이 굳었다. 무언가 생각해 낸 것이 분명한데, 말하기를 꺼리는 눈치다.

"뭔데 그래? 괜찮으니까 말해 줘."

"아, 아니에요……. 이건 아마 제가 잘못 들은 걸 거예요."

리타가 황급히 바율의 시선을 피하며 일어섰다.

"리타."

바율은 얼른 그녀의 손을 붙잡았다. 이어지는 종용은 없었지만, 바율이 무엇을 원하는지 모를 만큼 리타는 바보가 아니었다.

"별거 아닐 수도 있어요……. 이전에 엄마가 지나가면서 하신 말이기는 한데……."

리타가 이상하리만치 바율의 눈치를 살폈다.

"…아무것도 없었대요."

"아무것도 없다니? 그게 무슨 뜻이야?"

"그게…… 비처럼 사라지셨대요……."

"사라져?"

"네, 비가 마르면 땅에 아무것도 남지 않잖아요. 그렇게 아무것도 남기지 않고 사라지셨대요."

"리타…… 그게 무슨 말이야? 어머님은 돌아가셨는데, 남은 것이 없다니……? 설마 어머니의 시신이 없어졌다는 얘기야?"

"모, 몰라요…… 저도!"

리타는 그저 들은 대로 말했을 뿐이었다. 16년 전 당시에는 리타 역시 바율과 같은 갓난쟁이였다. 어머니와 하인들이 수군거리는 소리를 얼핏 들었을 뿐 아는 바가 전혀 없었다.

"대체 뭐가 뭔지……!"

혼란스러움에 바율이 머리를 부여잡았다.

어머니가 돌아가셨다.

그런데 아무것도 없었다. 비처럼 남김없이, 흔적 없이 사라지셨다.

이걸 어떻게 해석해야 하는 것인가?

아깝게 생을 마감한 젊은 여인에게 건네는 단순한 애도의 표현일 뿐인가?

내가 지금 너무 과대망상을 하고 있는 건가?

사람이 죽었는데 시신이 없다는 건 말이 되질 않는다. 어머님의 장례식도 결혼식처럼 조용하게 치러졌다고 분명 들었다.

시신도 없이 장례식을 치를 수는 없다. 아니, 그걸 다 떠나서 시신이 없는데 죽었다고 확신하는 이유는 무엇인가?

설마 어딘가에 살아 계시는 것은 아닐까? 모종의 연유로 성을 떠나야만 했던 것은 아닐까?

아무것도 없었다는 리타의 말 한마디는 바율에게 큰 파문을 일으켰다. 머릿속이 한순간에 뒤죽박죽이 되며 온갖 생각이 그의 뇌리를 잠식했다.

—바율, 많이 아파?

이노센트가 다가와 말을 걸었다.

"도련님…… 괜찮으세요?"

"컹컹!"

리타와 재스퍼도 걱정이 되었는지 바율의 주변을 서성거렸다.

"하아."

바율은 숨을 몰아쉬며 손으로 관자놀이를 매만졌다. 머리가 터질 것 같다. 어머니에 대해 알면 알수록 의아한 것 투성이였다. 이제는 어머니의 정체마저 의심스러울 지경이었다.

—열나는 것 같은데, 내가 호 해 줄까?

이노센트가 염려 섞인 눈빛으로 바율을 바라보며 물었다.

혹시 어머니께서 물의 정령은 아니실까?

이노센트를 마주하던 바율은 그 순간 그런 말도 안 되는 상상까지 하고 말았다.

하얀 얼굴, 파란 머리칼, 그보다 더 짙은 푸른색 눈동자. 이제 보니 이노센트와 어머니는 많이 닮아 있었다. 비를 좋아하는 것도, 추위를 타지 않는 것도 비슷하다.

그런 어머니의 아들이기에 내가 정령사가 된 것인가?

하지만 왜 하필 나만……?

바일도 있는데 왜 나에게만 이런 일이 벌어진 것일까.

—아프면 안 돼. 그러면 나도 아프단 말이야.

이노센트의 차가운 기운이 이마에 와 닿았다. 아이처럼 생떼를 부리다가도 가끔 이렇게 어른스럽게 굴 때가 있다. 녀석을 미워할 수 없는 이유이기도 하다.

'고마워, 이노센트.'

찬기가 올라오자 조금씩 정신이 들었다. 좀처럼 흥분이 가시지는 않았지만, 그래도 서서히 차분하게 마음을 가라앉히려 노력했다.

"아버지께 여쭤봐야겠어."

"…예?"

바율의 갑작스러운 발언에 리타가 놀란 듯 한 걸음 뒤로 물러났다.

"설마 마님에 대해 여쭙겠다는 말씀이세요?"

"응, 다른 방법이 없는 것 같아서."

"하지만……."

"괴로우실 거라는 것 나도 알아."

어려서는 그래도 어쩌다 어머니에 관한 대화를 하고는 했는데, 언젠가부터 그에 대해서는 한마디도 나누지 않는 부자 사이가 되었다.

"이게 과연 옳은 걸까?"

아버지를 힘들게 만들고 싶지는 않지만, 어머니에 대해 알고 싶은 마음이 이제는 더 커져 버렸다. 16년이란 세월이 지났으니 아버지도 조금은 마음이 편해지셨을 수도 있지 않을까?

언제까지 이대로 지낼 수만은 없다. 이 답답함을 풀어 줄 수 있는 사람은 아버지밖에 없었다.

"곧 있으면 바일 도련님의 기일이신데……."

"나도 그게 걸리기는 해……."

작금의 시기가 야속하기는 하나, 바일의 기일이 지나면 아버지께선 바로 황도로 떠나실 예정이었다. 그렇기에 바율에게도 시간이 많지 않다.

"내가 너무 이기적인 걸까?"

아무리 생각해도 아버지께 물어보는 것 말고는 어머니에 대해 알 방법이 없었다. 묻기로 마음을 굳혔지만, 당연히 망설여진다.

"도련님은 절대 이기적이지 않아요. 언제나 영주님부터 생각하시는 것 제가 다 안다고요."

"리타……."

"영주님께서 분명 힘들어하시겠지만, 도련님은 아들이시잖아요. 마님에 대해 알 권리가 도련님께도 있다고 생각해요."

"…알 권리?"

"네, 그러니 이왕 하실 거라면 눈치 보지 마시고 확실하게 물어보세요. 그러면 영주님도 분명 답해 주실 거예요."

바율의 곁에서 16년을 보냈다. 기억도 안 나는 어린 시절부터 이곳 성에서 쌍둥이 도련님을 모시며 살았다. 바율에 관해서라면 누구보다 가장 잘 안다고 리타는 자신할 수 있었다.

"이기적인 사람은 남을 걱정하지 않아요. 자기만 챙기기 바쁘죠. 저는 그런 모습을 도련님에게서 본 적이 없어요."

바일 도련님에 대한 죄책감에 짓눌려 살던 도련님이 처음으로 뭔가를 해 보려고 하신다. 걱정이 되기는 하지만 응원하고 싶었다. 도련님이 조금 더 용기를 내서 영주님께 다가가면 이전처럼 다정한 부자 사이가 될 수 있을 것이다. 리타가 바라는 것은 그것뿐이었다.

똑똑.

"바율 도련님, 영주님께서 찾으십니다."

그때 밖에서 하인의 음성이 들렸다. 몰래 나쁜 짓을 하다가 걸리기라도 한 사람들처럼 바율과 리타가 깜짝 놀라며 서로를 쳐다봤다.

"갑자기 왜 부르시는 거지?"

"저도 모르겠어요."

'아직 마음의 준비가 안 되었는데…….'

방금 전에 겨우 결정을 내렸다. 아버지와의 대면은 적어도 이삼일 후가 될 줄 알았다. 이런 식의 부름은 바율의 계획에는 없던 일이었다.

3.

최대한 느릿하게 아래층으로 내려왔다. 바율은 평정심을 유지하려 애쓰며 천천히 아버지의 집무실 문을 열었다.

"왔느냐?"

"오셨습니까."

안에는 아버지 말고도 한 사람이 더 있었다. 아버지의 수행 기사인 사다드였다.

"사다드 경도 계셨네요."

"예, 입궁 일로 상의드릴 게 있어서 왔습니다."

“폐하의 결혼식 말이지요?”

“그렇습니다. 도련님께서도 들으셨겠지만, 로이안 황제의 방문으로 제국 전역이 시끌시끌합니다. 예정에 없던 일이기에 이것저것 따져 봐야 할 것들이 좀 많아졌지요.”

“로이안 황제가 제국의 사절단으로 직접 황도에 온다는 말씀이세요?”

조금 전의 불안함을 싹 잊을 정도로 믿기 힘든 소식이었다. 로이안이 누구인가. 십년전쟁에 대해 공부한 사람이라면 모르려야 모를 수가 없는 자였다.

드와이어트 제국의 황제이기 이전에, 대륙을 피바다로 물들인 자. 십년전쟁을 일으킨 대 원흉. 그는 비열한 모사꾼이자 야비한 계략가였다.

“이런, 모르셨던 모양이군요.”

“그가 와도 괜찮은 건가요?”

“만반의 대비를 하는 중입니다.”

만반의 준비라면 황실과 제국의 안보 문제일 것이다.

“…아버지께서 더 바빠지시겠네요.”

“아비가 걱정되느냐?”

“네.”

아버지의 실력을 믿지 못해서가 아니었다. 검사로서의 최고 경지인 마에스터의 자리에까지 이르신 아버지셨다.

현 대륙에서 무력으로 아버지를 이길 수 있는 자는 아마 없을 것이다. 아버지께서 검을 뽑아 든 모습을 직접 본 적은 없지만, 막연한 믿음이라고 해야 할까. 그런 것이 바율에게는 있었다.

문제는 로이안 황제였다. 자신의 야욕을 위해 대륙을 십 년이나 암흑에 휩싸이게 한 자였다. 또 어떤 짓을 저지를지 알 수 없지 않은가.

화해를 청하고자 했다면 아래 신하들을 통해도 충분할 일이었다. 로이안 황제의 방문은 바율로서는 도무지 이해할 수 없는 행보였다.

"염려할 것 없다. 수적으로 우세할 때에도 그는 이 아비를 이기지 못했다."

"알고 있습니다."

용병왕 바라첼을 무너뜨린 레녹스 전투는 군사의 수가 무려 두 배 이상 차이가 났을 만큼 아군이 수적으로 불리한 상황이었다. 아무리 란데르트 공작이라 할지라도 승리할 거란 보장이 없었던 위험한 싸움이었다.

하지만 결과는 대승리였다. 란데르트 공작을 선두로 한 만월 기사단의 활약으로 승리를 거둔 제국군은 끝끝내 항복까지 받아 냈다.

"하나 로이안 황제는 머리가 비상한 자입니다. 무력으로 아버지를 어찌할 수는 없어도, 어떤 계략을 꾸밀지 모르지 않습니까."

"그런 것도 알고 있었느냐?"

"…예?"

"네 말이 맞다. 로이안은 영민한 자이지. 못 본 새 어떻게 변했을지 문득 궁금해지는구나."

당시엔 어울리지 않게 앳된 청년의 얼굴을 하고 있었다. 이후로 십여 년이 흘렀으니 지금은 완숙한 사내가 되었으리라.

"아버지께서 그의 아버지를 불구로 만들었다지요?"

란데르트 공작은 말없이 고개를 끄덕였다. 바라첼을 그 자리에서 죽일 수도 있었으나 그러지 않았다. 망가진 자신의 몸을 볼 때마다 지난날의 잘못을 상기하고 반성하라는 뜻에서였다.

다시는 똑같은 짓을 반복하지 말라는, 일종의 형벌이었다.

"꼭 전쟁에서 패한 것 때문이 아니더라도 그는 아버지를 용서하지 못할 겁니다. 자신의 아버지를 그리 만들었으니까요."

"불편한 만남이 될 거라 예상은 하고 있다."

"그를 조심하세요."

"……?"

"저라면 제 아버지를 그리 만든 자를 가만히 두고 볼 수는 없습니다."

"그러하냐?"

아들을 향한 란데르트 공작의 입가가 슬며시 벌어졌다. 걱정을 해 주는 그 마음이 싫지 않아서다. 오히려 내심 뿌듯할 정도다.

마냥 어리다고만 여겼는데 어느새 아비를 염려할 정도로 자랐다.

가만히 두고 볼 수는 없다라…….

'훗.'

바율에게서 나온 말이라고 하기에는 제법 과격한 언사였다.

"공작 전하께선 든든하시겠습니다."

사다드가 부럽다는 표정으로 말했다.

"저도 올해는 꼭 자식 농사에 성공해서 바율 도련님과 같은 훌륭한 아들로 키워 내겠습니다!"

"그 전에 혼인부터 해야 하지 않겠나?"

결혼도 하기 전에 자식을 낳을 생각부터 하다니, 어이가 없다. 여자가 있기는 한 건지 그것도 의문이었다.

"기다려 보십시오. 금년에는 자신 있습니다!"

"그 말을 작년에도 들은 것 같아서 하는 말이네."

멀쩡하게 생겨서 왜 연애를 못 하는지, 이제는 궁금할 지경이었다.

"아무튼 바울, 네 걱정은 충분히 이해는 한다. 하나 아무 일 없을 것이니 마음 쓰지 않았으면 좋겠구나. 황도에는 우리 편이 훨씬 많단다. 그 점을 기억하거라."

"…네, 아버지."

로이안 황제가 본국으로 돌아가기 전까지는 안심이 되지 않을 것 같았다. 하지만 아버지 앞에서 티를 낼 순 없었다. 바울은 괜한 심려를 끼쳐 드리고 싶지 않아 미소를 짓기 위해 애썼다.

"얘기가 잠시 옆길로 샜는데, 널 부른 이유는 며칠 시간을 좀 내어 주었으면 해서다."

"시간이요?"

"그래, 괜찮으냐?"

"그럼요. 방학 중인걸요."

특별히 할 일이 있는 것도 아니었다.

"무슨 일 때문에 그러시는 건데요?"

"사나흘 정도 영지 순방을 갈 예정이다. 네가 함께 가 주었으면 좋겠는데, 네 생각은 어떠하냐?"

"…아버지와 함께요?"

"싫은 건 아니겠지?"

놀라는 아들의 표정을 곡해한 듯 란데르트 공작이 재차 물었다.

아버지와 함께하는 영지 순방이라니.

뜻밖의 제안에 잠시 말문이 막혔을 뿐, 바율은 그 어느 때보다 기뻤다.

아버지와 가까워질 수는 이 기회를 놓친다면 두고두고 후회할 것이다.

"당연하죠! 꼭 가고 싶어요!"

바율은 고개를 끄덕이며 힘차게 대꾸했다.

Chapter 6.
영지 순방

1.

영지 순방을 떠나는 일행의 규모는 언제나처럼 단출한 편이었다. 허례허식을 싫어하는 란데르트 공작의 성정대로 최소한의 인원이 딱 필요한 물품만 챙겨 목적지로 떠나는 탓이었다.

다만 평소와 다른 점이라면 빠른 이동을 위해 말을 이용했던 것과 달리, 마차가 한 대 섞였다는 것이었다.

"아버지, 말이라면 저도 탈 수 있습니다. 아카데미에서 꾸준하게 승마 수업도 받는 중입니다."

해밀턴엔 여전히 많은 비가 내리고 있었다. 마차 밖으로 우비를 뒤집어쓴 만월 기사단의 모습이 보였다. 영주의 아들이라고 해서 특혜를 받는 것 같아 바율은 마음이 불편했다.

"아마 바율 도련님 때문이 아닐 겁니다."

바율의 말에 답하듯 입을 연 건 후안 사제였다. 그가 겸연쩍은 얼굴로 웃으며 설명했다.

"사실 제가 말을 못 타거든요. 다리에 힘이 없어 낙마한 적이 몇 번 있답니다."

"낙마요? 어디 다치시지는 않으셨어요?"

승마 시 가장 위험할 때가 말에서 떨어지는 순간이었다. 그걸 몇 번이나 경험하셨다고 하니 바율은 적잖이 놀랐다.

"보시다시피 멀쩡합니다. 다 만월 기사단 분들 덕분이지요."

후안 사제가 땅과 접촉하기 이전에 늘 기사단 중 누군가가 달려와 잡아 주었기에 큰 사고로 이어지지 않았다.

"후안 사제의 말이 옳다. 이 마차는 네가 아니라 후안 사제를 위해 준비한 것이니 마음 쓰지 말거라."

"들으셨지요?"

그것 보라는 듯 웃으며 후안 사제가 덧붙였다.

"송구합니다, 공작 전하. 제가 승마에는 영 젬병이라 이렇게 폐만 끼칩니다."

"그런 소리 말게. 이번 순방에서 가장 중요한 이가 바로 자네일세. 따라나서 준 것만으로도 고맙지. 덕분에 나도 이렇게 오랜만에 편하게 마차를 타고 이동 중이질 않은가."

"저야 사제의 본분을 지키러 가는 것일 뿐입니다. 마땅히 해야 할 일을 공작 전하와 함께할 수 있어서 더 큰 영광이지요. 언제라도 불러 주십시오."

"…혹 오늘 순방길에 병자가 있는 것입니까?"

아버지와 후안 사제의 대화를 듣고 있자니 바율은 비로소 무언가 감이 잡혔다. 아버지의 순방을 따라나서는 게 이번이 처음이라서 깨달음이 늦었다. 순방이라는 것이 단순히 영지를 살피기만 하면 되는 줄 알았는데, 영지민의 안위를 돌보는 것 또한 그 안에 속해 있음을 이제야 인식했다.

"오늘 저희가 가는 마을에는 신전이 없습니다. 그래서 병자들의 치료가 상대적으로 늦어질 수밖에 없지요."

"아, 그래서……."

"네, 간혹 이렇게 멀리까지 순방을 가실 경우엔 제가 함께하고는 합니다. 감히 이런 호사를 누리면서 말이지요."

창밖을 향한 후안 사제의 눈에는 존경이 어려 있었다. 그가 언제 만월 기사단의 호위를 받아 보겠는가. 란데르트 공작가의 깃발이 달린 마차를 타고 있는 것도 황송할 지경이었다.

"호사가 아니라 고생일세. 도착하면 가장 바쁠 사람이 자네 아닌가."

"저야 실내에서 병자만 돌보다 올 텐데요. 공작 전하와 만월 기사단이 하는 일에 비하면 너무나 약소합니다."

란데르트 공작과 만월 기사단은 해밀턴에서뿐만 아니라 제국 전체에서 추앙받는 존재들이었다. 끝나지 않을 것 같던 전쟁을 승리로 이끈 주역들이기 때문이다.

그런 대단한 이들이 순방에서 한다는 일이란 고작 무너진 다리를 보수하거나 건물의 잔해를 치우는 등, 보통 사람들이 해도 충분할 일들이 대다수였다.

아무리 란데르트 공작의 명이라고는 하나 불평 하나 없는 기사단을 볼 때마다 후안 사제는 감탄하고는 했다. 그들은 매번 진심이었고, 하찮은 노동에도 몸을 아끼지 않았다.

그것이 후안 사제가 란데르트 공작을 진심으로 공경하는 이유이기도 했다. 이토록 훌륭한 주군을 모신다는 건 아랫사람에게는 복이자 광영이었다.

"그보다 저 청년은 그때 바율 도련님과 함께 약초를 가져왔던 하인 같은데, 맞습니까?"

"아, 네. 데스라고 제가 캐링스턴에서 데려왔습니다."

"귀족도 아닌 자가 말을 참 잘 타는군요."

뿐인가. 분위기도 심상치 않았다. 엄청난 양의 약초를 받고 놀란 와중에도 데스를 발견하고 흠칫했던 기억이 난다.

따로 밖에서 만났다면 도저히 하인이라고는 생각하지 못

했을 것이다.

"그러게요. 저도 오늘 처음 보는데 저보다도 잘 타는 것 같네요."

데스는 특별히 짐꾼으로 이번 순방에 합류했다. 바르와 아몬도 따라나서고 싶어 했지만, 그들의 바람은 리타의 한 마디에 바로 무산되었다.

"안 돼요! 바르는 요리를 배워야죠. 이제 막 특훈에 들어가려고 했는데 어디를 간다고요? 그리고 아몬도 그래요. 다들 가면 청소는 누가 하나요? 제가 할까요?"

그와는 반대로 데스의 동행 배경에는 힘이 장사라서 무거운 짐도 거뜬하게 들 수 있다는 리타의 강력 추천이 있었다.

"신전에 약초를 가져다주었더냐?"

"네, 그게……."

"이런, 공작 전하께서는 모르고 계셨습니까? 바율 도련님께서 어마어마한 양의 약초를 기부하셨습니다. 그래서 당분간 약초 걱정은 일절 하지 않아도 될 정도입니다."

바율을 보는 란데르트 공작의 눈빛이 가늘어졌다.

"요즘은 구하기 힘든 약초들까지 주신 덕분에 제가 얼마나 감사한지 모릅니다. 약초밭 복구는 또 얼마나 깔끔하게 해 주셨는지요. 이 자리를 빌려서 다시 한번 감사드립니다."

바율의 속도 모르고 후안 사제가 머리까지 숙여 가며 감사 인사를 전했다. 아버지와 함께 순방을 떠난다는 기쁨에 사로잡혀 이런 상황이 올 수도 있을 거라는 걸 미처 예상하지 못했다. 분명 이상하게 여기실 터인데 어찌 설명한단 말인가.

"성내에 약초가 그 정도로 남아 있었더냐?"

란데르트 공작이 알기로는 전혀 아니었다. 얼마 전 커닝 집사가 그 일로 걱정하며 보고를 올린 적이 있었다.

"…아니요! 제가 캐링스턴에서 가져온 것입니다."

아버지의 수상스러운 눈빛을 마주하자 바율은 얼결에 거짓말을 내뱉었다.

"캐링스턴에서 말이냐?"

"네, 그곳은 여기와는 달리 날씨가 좋지 않습니까. 그래서 싼값에 대량으로 구매할 수 있었습니다."

"오오! 영지민을 위해 직접 공수해 오신 것이로군요! 바율 도련님의 마음 씀씀이에 진정으로 감동했습니다! 역시 공작 전하의 아드님이시네요!"

"예에? 아, 아니…… 저는 단지……."

후안 사제의 칭찬에 바율의 두 뺨이 붉어졌다. 위기를 모면하고자 뱉은 거짓이 이렇게 돌아오니 몸 둘 바를 모르겠다.

"장하구나."

란데르트 공작의 얼굴에도 미소가 피었다.

"좋은 일을 하였다."

아비를 걱정해 주는 것만도 고마운데, 벌써부터 영지민까지 살필 생각을 하고 있었다니 기특하다. 나서서 자랑이라도 할 법도 한데, 그러지 않은 것도 마음에 들었다. 그의 생각보다 아들의 속이 훨씬 깊고 따뜻한 것 같아 기쁘고 자랑스럽다.

"공작 전하, 오늘은 이곳에서 노숙을 해야 할 것 같습니다."

아버지와 후안 사제의 연이은 칭찬에 바율이 곤궁에 처한 그때, 마차가 멈추며 사다드의 목소리가 들려왔다.

"근방에 마을이 없어 그런 모양이네. 괜찮겠지?"

"그럼요. 제 걱정은 마십시오."

후안 사제가 이런 것쯤이야 익숙하다는 듯 호기롭게 먼저 마차 밖으로 나섰다.

"너도 괜찮으냐?"

"네, 아버지. 제 걱정도 하지 마세요. 노숙이라는 거, 한번쯤 해 보고 싶었습니다."

책에서 수없이 봤다. 모닥불을 피워 스튜를 끓이고 사냥한 고기를 구워 먹는 사람들. 성에만 틀어박혀 지내던 바율에게는 낭만적이고 부러운 장면이었다.

"모포를 넉넉히 준비해 왔으니 단단히 두르거라. 감기라도 걸리면 안 될 것이다."

란데르트 공작이 엄히 말하고는 마차에서 내렸다. 바율도 우비를 걸쳐 입고 얼른 아버지의 뒤를 따랐다.

"도련님, 이쪽으로 오십시오."

해가 완전히 지지는 않았지만 사위는 이미 어둑해져 가고 있었다. 밖으로 나오니 야영을 위한 천막들이 거의 완성 직전이었다. 한두 번 해 본 솜씨가 아닌 듯 기사단원들이 각자의 할 일을 나누어서 척척 해내고 있었다.

"춥지는 않으십니까?"

이언이 바율을 데려간 곳은 커다란 나무 아래였다. 단원 하나가 미리 준비한 장작에 불을 피우고 있었으나, 습기 때문인지 불이 잘 붙지 않고 있었다.

'셰임.'

바율은 나지막이 셰임을 불렀다. 별다른 말이 없어도 셰임은 충분히 바율의 뜻을 알아차렸다. 땅 밑에서 셰임의 손이 튀어나와 장작을 어루만지자 금세 화라락 불이 붙었다.

'이노센트, 빗줄기 좀 약하게 해 줄래?'

—응! 나만 믿어!

잠시이긴 해도 이노센트의 능력이면 비를 완전히 멈추게 할 수도 있었다. 하지만 그랬다간 또다시 탈진을 할 것이다. 녀석을 그렇게까지 힘들게 만들고 싶지는 않았다.

'템페스타는 따뜻한 공기가 골고루 퍼지게 도와줬으면 좋겠어.'

—그 정도야 뭐!

천막 아래에서 모닥불이 군데군데 피어나고 있었다. 만월 기사단이니 이쯤의 추위야 끄떡없겠지만, 조금 더 따뜻해서 나쁠 것은 없었다.

'이렇게라도 아버지를 도와 드릴 수 있어서 다행이야.'

정령사가 되고 처음으로 스스로가 조금은 대견하단 생각이 들었다.

드드드드!

갑자기 땅에서 진동이 느껴진 것은 그때였다.

"무, 무슨 일이죠?"

당황한 바율이 더듬거리며 묻는데, 이언이 즉시 바닥에 몸을 납작 엎드리며 귀를 땅에다 댔다. 그만이 아니었다. 일사불란하게 움직이던 기사단원 전부가 이언과 비슷한 행동을 하고 있었다. 오직 아버지만이 고개를 들고 어딘가를 바라보고 계셨다.

"산사태가 난 것 같습니다."

"…산사태요?"

—가까운 곳이다.

"가깝다고? 얼마나?"

셰임의 음성에 반사적으로 말이 튀어나왔다. 그에 이언이 잠시 의아한 기색으로 바율을 보더니 대답했다.

"진동의 세기가 큽니다. 멀지 않은 곳입니다."

그런 그의 표정이 심상치가 않았다.

—여기까지 올 것 같은데?

하늘 높이 솟구쳤던 템페스타가 바람처럼 날아와 바율에게 말했다.

'셰임, 막을 수 있겠어요? 템페스타도 할 수 있겠어?'

아버지와 기사단이 함께 있었다. 누구라도 다쳐서는 안 될 것이다.

—최대한 노력해 보겠다…….

—나도 해 볼게. 전부 날려 버리면 되겠지?

셰임의 목소리엔 자신감이 없었다. 캐링스턴에선 결코 본 적 없는 모습이기도 하다. 템페스타 역시 말은 안 하지만 긴장한 티가 났다.

'정령석만 있었어도……!'

바율이 안타까움에 입술을 꽉 깨무는 순간이었다.

"모두 뒤로 물러나거라."

돌연 란데르트 공작의 명령이 떨어졌다. 그러자 한 치의 망설임도 없이 단원들이 일제히 한곳으로 모여들었다.

"도련님."

이언의 손에 이끌려 바율도 그 무리에 섞였다. 그들은 바율과 후안 사제, 데스를 가운데에 두고 마치 보호하듯 주변을 에워쌌다.

"이언 경, 왜……?"

바율은 작금의 상황이 당최 이해가 가지 않았다. 자신을 보호하는 것까지는 그렇다 치자. 왜 아버지는 홀로 저기 계신 것이란 말인가.

"아버지……?"

일행이 멀어진 것을 확인한 란데르트 공작은 검을 뽑아 들었다. 바율로서는 단 한 번도 보지 못했던 모습이었다.

설마 저 검으로 산사태를 막아 내시려는 것인가?

그게 말이 되는가?

한데 정작 아버지를 걱정하는 것은 바율 혼자였다. 이언은 물론, 사다드와 다른 단원들도 전혀 긴장한 기색 없이 침착함을 유지하고 있었다.

두두두두!

진동을 넘어서 소리까지 전해졌다. 산 정상에서 바위와

나무, 흙덩이들이 쏟아져 내려오는 것이 시야에 보일 정도로 가까워졌다.

보기만 해도 등골이 오싹하거늘, 그 모든 것을 정면으로 마주하고도 아버지의 얼굴엔 아무런 변화가 없었다. 시종일관 담대하셨고, 두려움 따위는 애초에 찾아볼 수도 없었다.

스윽—

검을 든 공작의 손이 올라갔다. 산사태가 일대를 덮치기 직전, 바율의 눈앞에 순간 불빛이 번쩍했다.

파핫!

강렬한 빛에 눈이 부셔 잠깐 눈을 감았다 떴다.

"……?"

그리고 바율은 고개를 갸웃했다. 아무 일도 일어나지 않았기 때문이다. 주변은 산사태의 흔적으로 엉망이 되었지만, 아버지도, 단원들도, 누구도 다친 사람 없이 모든 게 끝나 버렸다.

'이, 이게 무슨……?'

황당해하는 바율 옆에서 오로지 데스만이 입 모양으로 '오호' 하며 흥미로운 표정을 짓고 있었다.

"정비하라."

란데르트 공작은 검을 치우며 아무 일 없었다는 듯 재차 명을 내렸다. 그러자 바율을 둘러싸고 있던 단원들이 바로 흩어지며 주변 정리에 나섰다.

무너졌던 천막이 다시 세워지고, 꺼졌던 모닥불도 새로이 피어났다. 부러진 나무와 조각난 바위 등은 한데 모아 구석에 쌓아 두었다.

부산한 움직임 속에 멍한 것은 바율이 유일했다. 그간 말로만 듣던 아버지의 신위를 처음으로 목격했다. 상상했던 것보다 훨씬 엄청난 아버지의 무위에 바율은 석상이라도 된 듯 굳어 버렸다.

어쩌면 사고가 정지했다는 게 바른 표현일 것이다. 산사태를 고작 검 한 자루로 막아 낼 수 있다니, 직접 보고서도 도저히 믿기지가 않았다.

검이라는 건 누군가와 싸우는 전투에서나 쓰이는 무기인 줄로만 알았다. 이런 식으로 사용될 수도 있음을 전혀 알지 못했다.

"역시 공작 전하께서는 대단하십니다."

후안 사제가 아버지를 우러러 바라보며 찬양을 쏟아 냈다. 그 또한 이 같은 놀라운 광경은 처음 겪는 것이지만, 란데르트 공작에 대한 존경심이 워낙에 크다 보니 되레 아들인 바율보다 쉽게 받아들이고 있었다.

"제가 살면서 란데르트 공작 전하의 위용을 이렇게 직접 보게 될 줄은 몰랐습니다!"

감격에 북받쳤는지 후안 사제의 목소리가 잘게 떨렸다.

“두고두고 잊지 않을 것입니다.”

그 누구라도 쉽게 잊지 못하리라. 그건 바율도 마찬가지였다.

제국의 살아 있는 전설.

왜 아버지를 그리 부르는지, 바율은 오늘에서야 비로소 그 말을 완전히 이해할 수 있을 것 같았다.

2.

이튿날. 바율이 아버지와 함께 도착한 곳은 그 수가 총 이십여 가구밖에 되지 않는, 척박한 산중에 위치한 작은 마을이었다.

일행이 마을 입구에 들어서자 기다리고 있었다는 듯 촌장과 주민 몇몇이 헐레벌떡 뛰어왔다.

“아이구! 영주님! 오셨습니까!”

“이 멀고 누추한 곳까지 또 찾아와 주시고!”

“저희 마을의 영광이옵니다!”

그들이 바닥에 넙죽 엎드리며 란데르트 공작에게 예를 올렸다. 진흙탕으로 인해 옷이 더럽혀졌지만, 그들은 상관

하지 않았다. 일어나라는 공작의 명이 없었다면 오체투지라도 할 기세였다.

"어서 일어들 나게. 들어가서 인사해도 될 것을 어찌 매번 이러는가."

"송구하옵니다! 하나 이 먼 곳까지 영주님께서 직접 행차하셨는데 어찌 가만히 있을 수 있단 말입니까!"

"절대 그럴 수는 없지요!"

"변변히 대접할 음식도 없어 민망할 따름입니다!"

"여기 계속 이러고들 있을 텐가?"

보다 못해 나선 것이 사다드였다. 란데르트 공작을 향한 그들의 존경심은 십분 이해한다. 하지만 현재는 비가 장대처럼 쏟아지고 있었다. 준비해 온 약재와 식량들이 엉망이 되기 전에 비를 피하는 것이 순서였다.

"허이구! 아닙니다!"

"안으로 모셔야지요!"

마을 주민들이 그제야 정신을 차리고 냉큼 일어나 일행을 안내했다. 그들이 인도한 장소는 일전에도 왔었던 곳으로, 마을에서 가장 크고 화려한 집이었다.

하나 구멍 난 천장에서는 비가 샜고, 안에서는 쾨쾨한 냄새마저 났다. 지난번보다 상황이 더 좋지 않았다.

하지만 란데르트 공작은 물론 누구도 인상 한 번을 찌푸리지 않았다. 그들은 그저 늘 그래 왔듯 익숙하게 가져온 물품들을 꺼내 탁자에 진열하듯 올려놓았다.

"거동이 불편한 사람만 제외하고 다들 이리로 불러오게나."

사다드의 지시에 촌장과 주민들이 즉각 소식을 알리러 달려나갔다.

"너희는 특별히 손봐야 할 곳이 있는지 둘러보고 오거라."

우비를 벗을 새도 없었다. 단원들과 데스가 곧장 마을을 살피러 나갔다. 뭘 해야 할지 몰라 잠시 허둥거리던 바율은 후안 사제를 돕기로 했다. 그는 운반하는 동안 흐트러진 약초를 종류별로 분리해서 정리하는 중이었다.

"바율 도련님께서 약초학에 관심이 있으신 줄은 몰랐습니다."

"…예?"

뜬금없는 후안 사제의 말에 약초를 골라내고 있던 바율이 눈을 둥그렇게 떴다. 그러자 그가 보라는 듯 늘어놓은 약초들을 가리켰다.

"얼핏 봐서는 구분하기 어려운 약초들도 꽤 많습니다. 한데 도련님께선 하나도 틀리지 않고 딱딱 선별하고 계시지 않습니까?"

"아."

"캐링스턴 아카데미에서 약초학도 가르친다지요? 수업 시간에 딴짓 안 하시고 열심히 공부하신 모양입니다."

"…아하하, 약초학이란 게 꽤 재미있더군요. 이렇게 사제님께 도움이 되니 다행입니다."

실상은 셰임의 일대일 과외 덕분이었지만(그래서 이번 약초학 시험에서 만점을 받았다) 그걸 말할 수도 없는 터라 바율은 어색하게 웃으며 넘어갔다.

"그럼 난 잠시 자리를 비우겠네."

"네, 공작 전하. 그러는 편이 좋으실 겁니다."

후안 사제가 이해한다는 듯 고개를 끄덕였다. 그들이 여기까지 온 이유는 상대적으로 고립된 지역에 식량과 물품을 나눠 주고 병자를 치료하기 위함이었다. 곧 있으면 마을 주민들이 몰려올 텐데, 란데르트 공작이 있다면 너도나도 예를 올리느라 정신이 없을 게 뻔하다. 이미 수차례 그러한 전적이 있었다. 이 자리에는 공작이 없는 것이 도와주는 셈이었다.

"같이 나가겠느냐?"

영주의 아들인 바율이 함께 있는 것도 부담스럽기는 마찬가지일 터.

"네, 아버지."

바율은 벗어 두었던 우비를 재빨리 다시 걸쳤다.

"잠시 좀 걷자꾸나."

여전히 폭우가 쏟아지고 있었지만, 마땅히 갈 곳이 없었다. 건물을 나와 돌담길을 걸으며 바율은 템페스타에게 부탁했다.

'템페스타, 빗줄기가 좀 비켜 가게 해 줄 수 있겠어?'

아버지가 함께 계시니 근방의 비를 줄이기보다는 바람으로 멀어지게 하는 게 더 자연스러울 듯했다.

—응! 문제없지!

템페스타가 그 즉시 바람을 일으키자 몸에 와 닿는 비의 양의 현저하게 줄었다. 셰임에게는 따로 부탁하지 않았지만, 두 부자가 걷기 불편하지 않도록 이미 길을 닦아 주고 있었다.

"비를 맞으며 산책하는 것이 꽤 오랜만인 듯하구나."

정면을 응시한 채 란데르트 공작이 중얼거렸다.

'어머니…….'

산책이라는 말 때문이었을까. 바율은 문득 비 오는 날이면 꼭 산책을 즐기셨다던 어머니가 떠올랐다.

지금의 나처럼 아버지의 옆에서 오붓하게 걸으셨겠지?

혹시 어머니에 대해 여쭤봐도 괜찮을까?

차마 얼굴을 마주 보지 못하고 아버지의 장화만 내려다보며 바율은 고민에 휩싸였다. 최대한 아버지께서 상처받지 않으시게 묻고 싶은데, 그게 어떤 방식이어야 할지 아직 잘 모르겠다.

"또 펜던트를 쥐고 있느냐?"

어느새 란데르트 공작이 걸음을 멈추고 바율을 보고 있었다. 습관처럼 목걸이를 매만지고 있는 아들을 향한 그의 눈가가 어쩐지 촉촉하게 젖었다.

"네 어머니도 그러하였다."

"……!"

갑작스러운 고백이었다. 아버지가 먼저 어머니에 대한 얘기를 꺼낼 줄은 꿈에도 생각지 못했던 터라 바율은 진심으로 깜짝 놀랐다.

"웃음이 많은 여인이었지. 그러다가도 어느 순간엔 시름에 잠긴 얼굴로 그 펜던트를 만지곤 하였단다."

란데르트 공작의 시선이 잠시 펜던트에 머물렀다.

"무엇 때문이냐 물어도 고개만 저을 뿐 말이 없더구나. 그래서 난 그 목걸이가 별로 마음에 들지 않았다."

"…그러셨습니까?"

"소심한 질투였다고 여기려무나."

"아직도 어머니가…… 그리우십니까?"

공작은 답하지 않았다. 하나 이미 답은 충분했다. 아버지의 푸른색 눈동자에서 미세한 떨림이 전해졌다.

"비를 좋아하셨다고 들었어요."

"…그랬지."

"비 오는 날 산책도 자주 나가셨다고……."

"맞다. 혹시 병이라도 얻을까 싶어 말려봤지만 소용없더구나. 고집을 꺾지 않았지."

지난 기억이 떠오른 듯 란데르트 공작이 피식 웃었다. 바율은 용기를 내 질문했다.

"어머니는 어떤 분이셨나요? 요즘 들어 많은 궁금증이 생깁니다."

커닝 집사와 리타에게서 들은 것 말고 다른 얘기를 듣고 싶었다.

"이베트…… 그녀는 순수한 여인이었다. 아이처럼 해맑고 사랑스러워 주위 사람을 기분 좋게 만들어 주는 능력이 있었지."

그런 산골 마을에서는 보기 어려운 기품과 분위기까지 갖춘 여인이었다. 단 한 번의 만남으로 공작의 마음을 그대로 앗아 간, 지금까지도 결코 잊을 수 없는 그녀.

이베트를 다시 볼 수 있다면 공작은 무엇이든 할 수 있었다.

"이 펜던트…… 어머니께서 아버지를 만나기 전부터 하고 계셨다고 하셨죠?"

"나름 신경을 써서 결혼 선물을 따로 준비했었지만, 그게 좋다면서 절대 풀지 않더구나. 그녀가 목에서 목걸이를 푼 건, 네 목에 그걸 직접 걸어 주었을 때뿐이었다."

"…이걸 어머니께서 직접 제게 걸어 주셨다고요?"

몰랐던 사실이었다. 어머니가 돌아가시고 난 후에 물려받은 줄 알았고, 쌍둥이 중 그가 선택된 것은 바일이 몸이 약한 자신을 배려해서라고만 생각했었다.

"그래, 그리고……."

'…그렇게 사라졌지.'

그녀와의 마지막을 상기하자 란데르트 공작의 목소리가 급격하게 잠겼다. 아직도 잊히지가 않는다. 어떤 말로도 설명할 수 없는 그 날의 이상한 광경이, 여전히 공작의 머릿속엔 또렷하게 남아 있었다.

어머니께서 왜 이걸 제게만 걸어 주셨을까요?

어머니가 끼고 계셨던 반지는 어디에 있는 겁니까?

어머니가 저희와 같은 인간이신 것은 맞나요?

실제로 돌아가신 게 확실한가요?

목구멍으로 수많은 질문이 차올랐지만, 바율은 차마 뱉을 수가 없었다. 아버지의 안색이 한순간에 어두워졌기 때문이다.

형도 있는데 왜 하필 나였을까.

오늘도 역시나 어머니에 대해 알면 알수록 의문만 더해진다.

'그냥 물어볼까?'

바율도 자식으로서 어머니에 대해 알 권리가 있다던 리타의 말이 문득 떠올랐다.

'그래, 어머니에 대한 얘기가 나왔을 때 물어보는 게 좋을 거야. 한 번에 끝내는 것이 고통은 덜할 테니.'

"저기, 아버지……."

바율이 힘겹게 마음을 굳히고 말을 꺼낸 순간이었다.

"공작 전하! 급히 가 보셔야 할 것 같습니다!"

사다드가 심각한 낯빛으로 공작을 찾아 뛰어왔다.

"무슨 일이지?"

왠지 느낌이 좋지 않다. 아니나 다를까.

"그게, 아이 한 명이 없어졌답니다!"

"아이가 없어져?"

"네, 촌장 말로는 지난번 수해로 부모를 잃고 혼자 사는 아이랍니다. 분명 어제 낮까지만 해도 있었다고 하는데, 주민들을 모아 놓고 보니 아이가 보이지 않는다고 합니다!"

"성별과 나이는?"

"남자이고 올해 열세 살입니다."

"서둘러 수색하라!"

명을 내린 후 란데르트 공작도 황급히 자리를 떴다. 그의 머릿속으론 어제 오후 있었던 산사태가 지나가고 있었다. 거리는 제법 멀었지만, 이곳 마을에도 영향이 없었을 거란 보장은 없었다.

"템페스타!"

어머니에 대해 물을 기회는 놓쳤지만, 바율도 일의 경중은 구분할 수 있었다. 그가 세 정령 중 가장 빠른 템페스타에게 부탁했다.

"아이가 어디 있는지 찾아 줘!"

멀리서 나는 소리도 잘 듣는 녀석이니 어쩌면 아버지보다 빠르게 찾을 수 있을지 몰랐다.

—알았어! 후딱 찾아볼게!

템페스타가 드디어 할 일이 생겼다는 것에 기뻐하며 날아올랐다.

"혹시 모르니 셰임도 땅속을 맡아 주세요."

—알겠다…….

'부디 사고가 아니어야 할 터인데.'

바율도 가만히 있을 순 없었다. 그가 이노센트와 함께 마을 주민들이 몰려 있는 곳으로 서둘러 뛰어갔다.

"응?"

그런데 어찌 된 영문인가. 그새 실종되었던 아이가 돌아온 듯, 마을 주민들이 녀석을 에워싸고 잔소리를 퍼붓고 있었다.

"아이고! 아이고! 파블로, 이 녀석아! 어딜 갔다가 이제 오는 거냐!"

"이놈아! 우리가 얼마나 걱정을 한 줄 아느냐?"

"그러게 혼자 지내지 말고 우리 집에 와 있으라니까!"

"너 때문에 간이 다 쪼그라들었다!"

—바율, 없어졌다는 아이가 저 아이 같은데?

템페스타가 어깨를 축 늘어뜨린 채 시무룩하니 입술을 불룩 내밀었다. 긴급한 상황이라 여겼던 바율 역시 조금은 얼떨떨한 표정으로 아이와 주민들을 바라보았다.

"고맙소! 너무 고맙네!"

"자네가 없었으면 큰일 날 뻔했어!"

기이한 점이라면 파블로란 아이 옆에 데스가 멀뚱히 서 있다는 것이었다. 머리며 옷가지가 비에 홀딱 젖은 채 그가 심드렁하니 주민들의 칭찬을 받아 내고 있었다.

"데스 녀석이 아이를 구해 왔다네요."

"…어디서요?"

다가와 설명하는 이언에게 바율이 묻자 그가 답했다.

"토사에 묻힌 걸 우연히 발견한 모양입니다."

"흙더미 아래 갇혀 있었다는 말씀입니까?"

그러고 보니 아이의 행색이 말이 아니었다. 빗물에 씻겨 내려가고 있었지만, 얼굴이며 몸 전체가 흙투성이였다.

"예, 우연치고는 대단하지요?"

"그래도 아이가 무사해서 정말 다행입니다!"

그 토사의 깊이가 말도 못 하게 깊었다고는 굳이 설명하지 않았다. 이언은 물론, 한쪽 너머에서 란데르트 공작이 알 수 없는 눈빛으로 데스를 물끄러미 바라보았다.

3.

"저기, 이거……."

아이의 부재로 잠시 멈추었던 검진이 다시 시작되었다. 토사에 깔려 큰일 날 뻔했던 파블로는 몸에 약간의 타박상만 입었을 뿐, 다행히 큰 상처는 없었다.

후안 사제의 응급 처치를 받고 난 녀석이 주변을 두리번거리더니 홀로 멀찌감치 떨어져 있는 데스에게로 가 손을 내밀었다.

"뭐지, 이건?"

젖은 머리를 털고 있던 데스가 미간을 모으며 아이에게 물었다. 그러자 녀석이 부끄러운 듯 고개를 푹 숙이며 말했다.

"배가 고프시다기에……."

"아, 나 먹으라고 주는 거야?"

끄덕끄덕.

녀석의 손에 들린 건 본성에서 가져온 찐 감자였다. 마을 주민들에게 구호 식량으로 지급된 음식을 녀석이 먹지 않고 가져온 것이다.

"내가 투덜거리는 소리는 또 언제 들었대."

본인만 자각하지 못할 뿐, 요즘 부쩍 입 밖으로 내뱉는 짜증이 는 데스였다. 해밀턴에 오면 맛있는 걸 더 많이 먹을 수 있을 줄 알았는데, 확 줄어든 반찬 수에 불만이 쌓이는 중이었다.

호슈에 부인의 배려로 그나마 양껏 먹고는 있지만, 다양한 음식을 맛보지 못해 캐링스턴으로 돌아가고 싶을 정도였다. 특히 식사에 고기의 양이 준 것이 가장 못마땅했다.

"우리가 나가서 사냥이라도 해 올까?"

"한 멧돼지 열 마리 정도면 다들 배불리 먹을 수 있겠지요?"

"그걸로 되겠어? 노루도 열댓 마리 추가해."

어제는 아몬과 진지하게 그런 대화까지 나눴었다.

"감자라면 질리도록 먹었다. 그건 네 배나 채우도록 해."

"아닙니다. 은인이신데 이렇게라도 보답해야지요."

뱃속에선 꼬르륵 소리로 천둥이 치고 있었지만, 파블로는 그럴 수 없었다.

보아하니 이자의 신분도 자신과 같은 평민에 하인이었다. 먹을 것이 풍족하지 않을 것이다. 게다가 목숨을 구해 준 은인의 배고프다는 소리를 듣고도 모른 척할 수는 없었다.

"됐다니까."

감자 따위로 배를 채우고 싶지 않다. 데스에겐 알맞게 시즈닝이 된 고기가 필요했다. 이왕이면 리타가 해 준 아주 신선한 고기가.

"감사해서 그래요. 토사에 파묻혀 꼼짝없이 죽겠구나 싶었는데…… 구해 주셔서 정말 고맙습니다. 이건 제 성의이니 꼭 받아 주세요."

"성의?"

"네, 이것밖에 드릴 게 없어 죄송합니다."

데스가 고개를 들어 사람들을 살폈다. 후안 사제에게 치료를 받는 몇몇 주민을 빼고는 대부분이 입에 감자를 문 채 행복한 표정을 짓고 있었다.

"그걸 나에게 주면 넌 뭘 먹지?"

"…저는 괜찮습니다."

집에 가도 별다른 먹거리는 없을 것이다. 깡마른 아이의 몸이 그를 증명했다.

"내 눈엔 괜찮지 않아 보이는데."

"은혜는 나중에 꼭 갚겠습니다. 지금은 우선 이 감자로……."

"네 절망이 날 불렀을 뿐이다."

"…예?"

"딱히 돕겠다는 생각으로 나선 것은 아니야. 괜히 은혜니 뭐니 따질 필요 없어."

"하, 하지만……."

"정히 내게 뭔가를 주고 싶으면 내가 알아서 가져가지."

파블로가 감자를 든 채 눈만 끔벅였다. 무슨 소리를 하는지 이해가 안 갔기 때문이다. 자신이 줄 것이라곤 조금 전에 받은 이 감자 하나뿐인데, 뭘 알아서 가져가겠다는 것인지 모르겠다.

"네게서 절망을 걷어 가도록 하겠다."

낯선 언어가 데스의 입에서 흘러나왔다. 일전에 타니아

가 못된 짓을 벌였던 그때처럼, 검은색 뭉게구름이 아이의 몸에서 뭉글뭉글 피어 나왔다.

"절망은 내 힘의 원천이거든."

검은 구름을 빨아들이는 데스의 얼굴에 희미한 미소가 번졌다. 인간의 절망이란 그의 세계에서 맛보는 것과는 또 다른 맛이 있다. 개중에서도 아이의 절망은 흔하지 않다.

"네게는 선물일 수도 있겠군."

구름이 사라졌다. 잠시 멍멍하게 서 있던 파블로가 몸을 부르르 떨며 정신을 차렸다.

"어때, 기분이?"

"감사합니다! 앞으로는 열심히 살게요!"

힘차게 대꾸하는 파블로의 눈빛이 좀 전과는 완전히 달라져 있었다. 축 처져 있던 어깨가 봉긋 세워졌고, 목소리엔 자신감이 넘쳤다.

절망이 사라지자 녀석에게 남은 건 다시 잘해 보자는 긍정과 희망이었다.

"파블로! 이리 와서 이거 더 먹어 보거라!"

마을 주민 하나가 녀석을 불렀다.

"네, 아저씨! 갈게요!"

파블로가 데스에게 감사하다는 말을 세 번이나 더 건네고는 주민들에게 뛰어갔다.

"아고스가 알면 또 지랄하겠군."

자신의 신도에게 무슨 짓을 했냐며 펄펄 날뛰는 모습이 눈앞에 그려졌다. 엉덩짝을 날려 주면 그만이었지만, 피곤해지는 것도 사실이었다.

'녀석이 최대한 오늘 일을 나중에 알았으면 좋겠군.'

희망의 신과 연락이 닿으면 부탁이라도 하고 싶은 심정이었다.

Chapter 7.
아버지의 마음

1.

영지 순방은 성공적으로 끝이 났다. 돌아오는 마차 안에서 바율이 가져온 약초 덕분에 마을 주민 전부를 치료할 수 있었다며 후안 사제가 칭찬을 아끼지 않았다.

연일 쉬지 않고 내리는 비 때문에 농작물의 피해도 상당했지만, 그에 못지않게 영지민들의 건강 상태도 나빠지고 있었다.

이번 순방으로 자칫 병이 악화되었을 수도 있는 여러 환자들을 돌볼 수 있었고, 홀로 불쌍히 생을 마감할 뻔한 아이의 목숨도 살렸다. 근래 들어 이처럼 뜻깊고 보람찼던 날이 없었기에 후안 사제는 연신 싱글벙글 웃음을 보였다.

'이노센트, 셰임, 템페스타. 수고했어. 정말 고마워.'

바율은 바율대로 세 정령들이 자랑스럽고 뿌듯했다. 마을을 떠나기 전 그냥 두고 볼 수 없었던 바율은 녀석들에게 부탁해 이곳저곳을 손봤다.

망가진 농경지를 고쳤고, 인근에 배수로를 뚫어 물의 순환이 원활하게 하였을 뿐 아니라, 나무와 돌 등을 이용해 구멍 난 천장과 벽 등을 막아 주기도 했다. 템페스타는 간간이 바람을 일으켜 쓰레기도 치워 주고 따뜻한 공기가 유입될 수 있도록 바람길을 텄다.

물론 이 모든 건 란데르트 공작과 만월 기사단의 눈을 피해서 이뤄졌다. 녀석들의 기운이 쇠약해지는 것이 느껴져서 안타까운 마음이 든 것만 빼면, 바율에겐 많은 것을 배운 유익한 시간이었다.

무엇보다 가장 큰 성과는 아버지와 어머니에 대해 오랜만에 대화를 나누었다는 것이었다. 아직 묻고 싶은 것을 다 물어보지는 못했지만, 다음엔 지금보다 쉽게 용기를 낼 수 있을 것 같았다. 그것만으로도 바율은 기뻤다.

'우선은 형에게 인사부터 해야지.'

오늘이 바일의 기일임을 알기라도 한 건지, 비의 세기가 많이 줄었다. 덕분에 바율은 가벼운 우비 차림으로 손에 꽃을 들고 형을 찾아가는 중이었다.

"컹컹!"

재스퍼가 저만치 앞서가며 바율에게 빨리 오라고 짖어댔다.

"오늘이 무슨 날인지 아는 거니?"

서두르는 모양새가 마치 꼭 바일에게 급히 인사하고 싶은 것 같아 바율은 괜스레 마음이 뭉클했다.

이전엔 둘이 아니라 셋이었다.

자신과 형, 그리고 재스퍼.

바율은 환자였기에 밖에 잘 나갈 수가 없었던지라 오늘처럼 재스퍼를 이끌고 외출을 하는 건 항상 형의 몫이었다.

녀석 역시 그때의 생각이 나기라도 하는 걸까?

지금에 비하면 체구가 절반의 크기도 안 되는 시절이었다. 재스퍼가 만약 그 당시에 다 자란 성견이었다면, 물에 뛰어들어 바일을 건져 왔을지도 모른다.

'내가 진즉에 정령사가 되었더라면 애초에 물에 빠지지도 않았겠지…….'

그놈의 또 '그랬다면, 그랬다면' 하는 죄책감이 바율을 잠식한다. 그러지 말아야지 하면서도 거듭 이렇게 되는 걸 보면 이 미안함은 영원히 떨쳐 낼 수 없을 듯하다. 아마도 오늘이 형의 기일이기에 더 그럴 수도 있었다.

"하지만 계속 슬퍼하지만은 않을 거야."

스스로에게 주문을 걸듯 바율이 홀로 중얼거렸다.

"형도 그걸 바라지는 않을 테니까."

햇살같이 빛나던 형의 얼굴이 재스퍼의 뒷모습에 겹쳐졌다.

"바율, 왜 이제 와? 내가 얼마나 기다렸는지 알아?"

언뜻 보면 원망하는 듯하지만, 사실은 반가워하는 모습이었다. 그간 죄책감에 억눌려 단 한 번도 찾지 못했다. 누구보다 자기가 와 주길 바랐을 형일 텐데, 힘들다는 핑계로 그러질 못했다.

지난 2년이 후회스럽고 창피하고 부끄럽다. 잘못을 했으면 용서를 구하는 것이 마땅한데 피하기만 한 꼴이질 않은가.

이제라도 이런 생각이 든 것이 다행인 한편, 바일에게 진심으로 미안하기도 했다.

"컹컹!"

재스퍼가 강둑에 위치한 큰 바위 위에 올라 바율을 불렀다.

"거기야?"

바율은 아무것도 기억나는 것이 없었다. 형이 자신을 구하고 강물에 휩쓸려 떠내려갔다는 사실만 전해 들었다. 당시 함께 있었던 재스퍼가 그 장소를 알고 있을지도 모르겠다는 생각에 안내를 맡긴 것이다.

"컹컹컹컹!"

비 때문에 강물은 강둑을 넘어서기 직전이었다. 세차게 흘러가는 강물을 바라보며 재스퍼가 갑자기 미친 듯이 짖었다.

뭔가 할 말을 하는 것 같은데 강물 소리도 크고, 녀석이 과하게 흥분해서 잘 알아들을 수가 없었다.

"크르르릉!"

"…재스퍼?"

그런 녀석이 순간 송곳니를 드러내며 으르렁거렸다. 야생 동물이라도 발견한 건가 싶어 재빨리 주변을 돌아봤지만, 전혀 기미도 느끼지 못했다.

그도 그럴 것이 이 근방은 아버지께서 특별히 관리하시는 곳이었다. 낯선 자들의 출입이 엄격히 금지될 뿐 아니라, 위험한 산짐승이나 몬스터를 대비해 주기적으로 순찰을 서기도 하였다.

"컹컹컹! 컹컹컹컹!"

"재스퍼, 괜찮아. 아무도 없어. 진정해."

바율이 다가가 쓰다듬자 조금 누그러지긴 했지만, 강물을 향한 녀석의 눈빛은 여전히 매서웠다.

"…혹시 원망하는 거니?"

강물이 형을 집어삼켰다. 어쩌면 녀석은 그 사고가 자신이 아니라 강물의 탓이라 여기는지도 몰랐다. 저 속에서 형이 나오지 못했으니까.

"후우."

여기까지 오는 데 2년이 걸렸다. 멀거니 서서 강을 바라보던 바율의 눈에 서서히 눈물이 고였다.

"미안해, 형……."

바율은 준비해 온 꽃을 조용히 강둑 바닥에 내려놓았다. 아침에 일어나니 침대 맡에 꽃다발이 있었다. 따로 묻지는 않았지만 아마도 리타가 마련했을 것이다.

바일의 기일마다 챙겨 준 것을, 오늘 처음으로 그에 맞게 쓰고 있었다.

"…잘 지내고 있지?"

고여 있던 눈물이 비와 섞이며 땅으로 뚝뚝 떨어졌다.

바율에게 바일은 제 몸과도 같은 사람이었다. 쌍둥이로 태어나 함께 자라며 늘 곁에 있던 존재가 바로 형이다.

그간 참고 있던 그리움이 폭발하며 눈물이 폭풍처럼 쏟아졌다. 형이 너무 보고 싶어서, 형을 그렇게 만든 자신이 너무나 미워서 눈물을 멈출 수가 없었다. 자신이 대신 죽었어야 했다는 생각이 또다시 뇌리를 파고들었다.

그런데 언제부터였을까.

그런 바율의 옆에 란데르트 공작이 서 있었다. 그가 아무 말 없이 아들의 등에 손을 얹고 천천히 토닥였다.

그것이 이제는 괜찮다고 말하는 것 같아서, 다 잊자고 하는 것 같아서 바율은 감정이 더욱 북받쳤다. 마침내 아버지에게 용서받은 듯한 기분이었다.

2.

"찾으셨다고요."

란데르트 공작의 집무실을 찾은 사다드는 어쩐지 평소와 달리 긴장한 기색이었다. 오늘이 어떤 날인지 잘 아는 그인지라 공작의 갑작스러운 부름이 왠지 더 불안했다.

"오늘은 보고할 사항이 없는 건가?"

"…예?"

"아침마다 늘 하던 것이 없으니 허전해서 하는 말이네."

"그건…… 오늘이……."

바일 도련님의 기일이 아닙니까?

일 년 중 그의 주군이 가장 힘들어하는 시기가 바로 오늘이었다. 두 해 전 첫째 도련님을 떠나보내신 이후로 금일만은 아무도 들이지 않고 홀로 지내시곤 했다.

본성의 모든 이들이 함께 슬퍼하며 바일 도련님을 기리는 날. 당연히 사다드 역시 외출을 삼가고 묵묵히 있던 차였다.

"별다른 소식이 없는 겐가?"

"……?"

"황도에서든, 내가 일전에 알아보라 지시한 것이든 보고할 것이 있으면 얼른 해 보게."

'설마 무슨 날인지 잊으신 것인가?'

순간 그런 생각이 들기도 했지만, 사다드는 이내 고개를 저었다. 그러실 리가 없다. 적어도 그가 아는 주군이라면 절대 아니었다. 사다드는 주군이 뭔가를 잊는 법을 본 적이 없었다.

"황도에서 온 기별이야 로이안 황제 얘기뿐입니다. 며칠 전 국경을 통과한 모양입니다."

"규모는?"

"근위대 하나에 귀족은 십여 명 정도, 수행원까지 합치면 대략 백은 될 것 같습니다."

"애매한 수치로군."

"예. 많지도, 그렇다고 적지도 않은 인원이라 감시를 어디에 얼마나 붙일지 고심 중입니다."

"근위대보다는 일반 수행원에 중점을 두게. 우리가 알지 못하는 숨은 고수가 있다면 반드시 그 무리에 섞여 들어왔을 것이야."

"염려 마십시오. 그 부분이라면 단단히 일러 놓았습니다."

"다른 나라도 마찬가지네."

"우호국일지라도 예외는 없게 하라 명하였습니다."

제정신이라면 사절단으로 방문하여 허튼짓을 벌이지는 않을 것이다. 하지만 늘 만에 하나라는 게 존재하였고, 사절단이 드와이어트 제국만 있는 것도 아니었다. 행여 일을 치고 타국의 짓으로 꾸미기라도 하면 골치 아파진다. 로이안 황제를 특별히 신경 쓰겠지만, 다른 국가도 등한시할 수는 없었다.

"캐링스턴 아카데미 이사장 쪽은 어떤가? 더 알아낸 것은 없나?"

"아카데미 설립 배경에 대해서는 별다른 특이 사항이 없었습니다. 알려진 바와 조사한 것이 거의 일치해서 의심을 살 만한 점들도 전혀 보이지 않았습니다."

"그래?"

"예, 단지 한 가지 미심쩍은 건 이사장이 이번에 내놓은 거액의 기부금입니다."

"그게 어째서 미심쩍다는 거지?"

이사장이 자기 아카데미를 위해 기부금을 내놓는 것이 무에 이상하단 말인가. 란데르트 공작은 선뜻 이해가 가지 않았다.

"일전에 말씀드렸다시피 이사장의 가문인 발레리가는 귀족 가문은 맞지만, 영지가 있는 것도 아니고 관직 생활을 하지도 않으며 귀족들과 교류가 있는 것도 아닙니다. 사업 역시 오래전에 접었기에 별다른 소득이 없을 겁니다."

"소득이 없어? 하면 돈이 어디서 나서 기부를 한 건가?"

"제 말이 바로 그것입니다. 출처가 불분명한 거금. 뭔가 수상하지 않습니까?"

계속 알아보라 지시를 내린 상태이긴 하나, 사실 사다드는 크게 기대하지 않고 있었다.

발레리가는 여러모로 특이했다. 보편적으로 알려진 사실은 문서로 작성되어 전해져 왔다고 믿을 수 있을 정도로 정확히 추적할 수 있었던 반면, 이번처럼 의문점이 드는 문제들은 기이함을 느낄 뿐, 좀처럼 그 꼬리를 잡을 수가 없었다.

뭔가 애매하다고 해야 할까?

따지고 보면 이상한데, 누구도 크게 관심을 갖지 않는다. 그러다 보니 서서히 기억에서 멀어진다. 금번 역시 자연스레 그런 수순을 밟을 것만 같았다.

"최근에 고가의 물건이나 토지, 건물 등을 매각한 일은 없었나?"

"외려 반대입니다. 얼마 전 캐링스턴 시내에서 가장 비싼 저택을 매입하였습니다. 그것도 전액 현찰로 말입니다."

역시나 자금의 출처가 불명확했다. 흔적이 없는 불편함. 사다드가 가장 싫어하면서, 동시에 두려움을 느낄 때가 바로 이런 순간이었다.

"사람을 붙이는 수밖에 없겠군."

뭐라도 잡으려면 현재로선 그 방법뿐이었다.

"솜씨 좋은 이들로 추려 보겠습니다."

"아들 친구 녀석의 아버지네."

"예, 주의 주겠습니다."

일라이에게서 느꼈던 섬뜩함의 원인을 찾다가 여기까지 온 것이었다. 꼭 필요한 일이라 여겼기에 명을 내렸지만, 아들의 친구인 만큼 예의와 선은 지켜야 했다. 별 탈이 없기를 바랄 뿐이다.

"절망의 신에 관해서는 아직인가?"

"그건 캐링스턴이나 황도에 가 봐야 방도가 나올 것 같습니다. 해밀턴에는 아예 자료 자체가 없어서요."

"신전에 부탁을 좀 해 보지 그런가?"

"가뜩이나 바쁘신 분들인데 괜찮을까요?"

사다드의 반문에 란데르트 공작이 잠시 말없이 그를 쳐다보기만 했다.

"…왜 그렇게 보십니까?"

"자네가 언제 그런 거 따지는 사람이었나 싶어서 보았네."

"공작 전하, 저를 어찌 보시고 그런 말씀을……!"

"어찌 보긴 어찌 보겠나. 수단 방법을 가리지 않고 명을 수행하는 인재로 보고 있지."

"…칭찬이시지요?"

"알아서 생각하게."

공작이 제대로 된 대답 대신 돌연 자리에서 일어났다.

"갑자기 어디 가십니까?"

"그걸 몰라서 묻는 건가?"

"예?"

공작이 책상으로 가 생전에 바일이 가장 좋아했던 꽃을 손에 쥐었다. 이 역시 리타가 준비해 둔 것이었다.

"아들 좀 만나고 오겠네."

"공작 전하……."

사다드는 일순 말을 잇지 못했다. 역시나 잊으신 것이 아니었다. 그저 변하고 계신 것이다. 더 이상 고통 속에 머물지 않으시고, 덤덤하게 받아들이시려는 노력의 시작이었다.

"앞으론 평소처럼 지낼 것이네."

아무 일 없었다는 양 그저 그렇게 흘러가듯 일상을 보내며, 지금처럼 시간을 내어 아들을 추모하러 갈 것이다. 더는 깊은 수렁 속으로 빠져들고 싶지 않았다.

바율을 위해서도, 자신을 위해서도 그리 살아야 함을 공작은 지난 2년간 뼈저리게 느꼈다.

"하니 자네도 눈치 볼 것 없어."

사다드뿐이겠는가. 성내 모든 식구가 촉각을 곤두세우고 몸을 사린다. 감각이 예민한 란데르트 공작이 그걸 모를 리 없다.

"기사단에도 전하게. 오늘 저녁에 마지막 검수를 할 예정이니 준비 단단히 해야 할 거라고."

최소한의 인원만을 남긴 채 만월 기사단 전체가 곧 황도로 떠난다. 만월 기사단은 란데르트 공작의 분신이자 제국의 상징이었다.

전 대륙의 시선이 모이는 자리에서 그 위용을 제대로 과시하기 위해선 그에 맞는 실력은 물론, 바른 행실이 필수였다. 그것을 직접 확인하겠다는 란데르트 공작의 뜻이었다.

"그리하겠습니다. 편히 다녀오십시오."

굳이 따르겠다는 말은 하지 않았다. 공작의 수행 기사로서 어디든 함께하는 사다드지만, 지금은 공작에게 혼자만의 시간이 필요한 때였다.

"바일 도련님께 안부 전해 주십시오."

문을 열고 나서는 주군에게 사다드가 웃으며 말했다. 돌아오는 대꾸는 없었지만, 란데르트 공작 역시 입가에 희미한 미소가 감돌고 있었다.

3.

란데르트 공작이 바율을 발견한 건 녀석이 강둑에 다다르기 전이었다. 바일의 기일이면 늘 방에 박혀서 나오지 않던 아들이기에 이번에도 그럴 거라 여겼다.

형에 대한 죄책감과 미안한 마음 때문에 그러는 것을 아비인 그가 어찌 모르겠는가. 해서 아무것도 강요하지 않았다. 자신이 그러했듯 바율에게도 시간이 필요할 거라 생각했고, 스스로 떨치고 이겨 내기를 바랐다.

아카데미 입학 후 많이 변한 아들이기에 혹시나 하긴 했었는데, 이렇게 직접 보고 나니 그렇게 반가울 수가 없다.

"왔느냐……."

바율의 뒷모습을 향한 란데르트 공작의 얼굴에 대견함이 스쳤다. 그의 기대보다 더 잘 자라 주는 것 같아 가슴 한편이 뻐근하다.

"많이 울지는 않았으면 좋겠는데……."

아들의 뒤를 천천히 쫓으며 공작은 소원했다. 오랜만에 만나는 형 앞에서 녀석이 웃어 주기를 바랐다.

하지만 바람은 그저 바람일 뿐, 강둑에 멈춰 선 바율은 이내 서럽게 울어 댔다. 쏟아지는 빗물 아래서 녀석의 작은 어깨가 쉴 새 없이 흔들렸다.

그런 아들의 발밑에는 공작이 든 것과 똑같은 꽃이 놓여 있었다. 바일이 살아생전 가장 좋아하던 파란색 수국이었다. 죽은 제 어머니의 머리 색과 같다 하여 수국이 피어나는 여름철이면 성안을 온통 수국으로 채워 놓고는 했다.

'비만 아니었으면 더 싱싱하고 예쁜 수국을 볼 수 있었을 텐데…….'

공작은 조용히 바율 곁으로 다가갔다. 빗소리에 파묻혔던 녀석의 울음소리가 점점 크게 들려오며 그의 마음을 아프게 했다.

그에게는 자식이었지만, 바율에게는 하나뿐인 형제였다. 한날한시에 태어난 쌍둥이 형이었다.

그 슬픔을 무엇으로 위로할 수 있을까.

란데르트 공작이 할 수 있는 거라곤 바율의 등을 두드리며 달래는 길뿐이었다. 그의 의도와는 달리 녀석이 더욱 서럽게 울었지만, 그래도 그 다독임을 멈추지는 않았다.

실컷 쏟아 내고 나면 마음은 더 편해질 것이다. 그걸 진즉에 알고 있었으면서도 가르쳐 주지 못했다. 그에게도 감당하기 어려운 아픔이었기에, 저 자신을 신경 쓰느라 하나 남은 아들을 돌볼 여력이 없었다. 못난 아비를 둔 탓에 녀석이 했을 마음고생이 안쓰러웠다.

"…이제 좀 진정이 되었느냐?"

바율의 흐느낌이 잦아들었다. 비에 젖은 머리칼이 엉망이다.

"우비가 흐트러졌구나."

란데르트 공작이 다정한 손길로 벗겨진 모자를 씌워 주었다.

"죄송해요, 아버지……."

눈물을 닦아 내며 바율이 그간 하지 못했던 말을 처음으로 아버지에게 건넸다.

"나도 미안하다."

"…네?"

바율은 눈물이 글썽글썽한 눈을 들어 아버지를 올려다보

았다.

"너와 바일을 너무 혼자 둔 것 같아서 말이다. 이렇게 진작 함께 왔으면 좋았을 것을……."

바율은 바율대로, 바일은 바일대로 따로 남겨 둔 꼴이었다. 두 녀석 다 얼마나 외로웠을까. 왜 이전에는 이런 생각을 하지 못했는지, 스스로가 바보 같기도 했다.

"앞으로는 함께 보러 오자꾸나."

란데르트 공작이 바율의 머리를 쓰다듬었다. 다른 말은 없었지만 바율은 충분했다. 아버지의 손길에서 그토록 듣고 싶던 말이 느껴졌다.

네 탓이 아니다.

네 잘못이 아니야.

그러니 더 이상 힘들어하지 말거라.

자신을 향한 아버지의 눈빛이 너무나 자애로워서 바율은 순간, 바일이 살아 있던 2년 전으로 돌아간 듯한 착각에 휩싸였다. 마음이 더없이 편안했다.

"……."

그리고 언제부터였는지, 그런 두 부자의 모습을 멀리서 리암이 지켜보고 있었다.

4.

본성으로 돌아온 바율은 따뜻한 물에 잠시 몸을 담갔다가 마른 옷으로 갈아입고 식당으로 내려갔다.

"작은아버지께서 먼저 와 계셨네요."

"어서 와 앉거라."

식당엔 리암이 홀로 식전 차를 마시고 있었다. 그가 조카를 향해 웃으며 자리를 권했다.

"아버지는요?"

"처리할 일이 있어서 조금 늦으실 게다. 먼저 식사하라고 하셨지만 난 기다렸으면 하는데, 바율 넌 어떠니?"

"네, 저도 괜찮습니다."

"감기라도 들면 곤란하니 차라도 먼저 들거라."

곧 바율 앞에도 김이 모락모락 오르는 따스한 차가 놓였다. 찻물을 조심히 한 모금 삼키며 바율이 넌지시 물었다.

"혹시 아버지께 많이 혼나셨습니까?"

"내 얼굴에 그리도 티가 나느냐?"

"아니요, 그런 건 아니지만……."

"말도 마라. 차라리 처음 들켰을 때가 나았다. 어찌나 잔소리를 하시던지, 서러울 정도였다."

"…감사합니다, 작은아버지."

갑작스러운 감사 인사에 리암이 영문을 모르겠다는 듯한 표정을 짓자 바율이 설명했다.

"형 기일을 잊지 않고 와 주셔서요. 저를 아들처럼 챙겨 주시는 그 마음에도 늘 감사하고 있습니다."

"작은아비가 조카 기일을 챙기는 것이 무에 감사하단 말이냐? 그건 당연히 해야 할 일이지, 이렇게 감사 인사를 받는 것이 외려 더 속상하구나. 혹시 너도 형님처럼 작은아비를 꾸짖는 것이냐? 이런 시국에 조카나 보러 왔다고 한심하다 여기는 게야?"

"예? 아니요. 그럴 리가 있겠습니까? 저는 진정 감사해서 드리는 말씀입니다. 그런 생각은 전혀 하지 않았습니다!"

"…그렇다면 다행이다. 형님께 내가 좀 많이 섭섭해서 말이지."

다시 생각해도 억울하신 듯 작은아버지의 낯빛이 어두워졌다. 바율은 조금 전, 빗속에서 자신과 함께 형의 추모를 마친 아버지가 돌연 작은아버지를 불러냈던 것을 떠올렸다.

"리암, 나오거라."

갑자기 작은아버지를 찾는 아버지의 말에 바율이

어리둥절한 그때, 정말로 뒤쪽에서 머리를 긁적이며 리암이 등장했다.

"작은아버지……?"

황제의 결혼식 문제로 황도에 있어야 할 분이었다. 그에 당연히 바율은 놀랐고, 란데르트 공작은 엄한 눈빛으로 동생을 바라봤다.

"여긴 어쩐 일로 온 것이냐?"

"…아시면서 물으십니까."

"내 분명 편지에 올 필요 없다고 썼을 텐데?"

이럴 것 같아서 미리 수를 썼건만 전혀 통하지 않았다. 한숨이 나온다.

"조카의 기일입니다. 바일을 쓸쓸하게 만들고 싶지 않았습니다……."

"나도 있고 바율도 있다. 지금이 어느 때인데 이리 경솔하게 행동한단 말이냐?"

"저도 나름의 방비를 해 두고 잠시 온 것입니다. 제 딴에는 이게 옳다고 생각했고요. 제가 녀석을 얼마나 예뻐했는지 모르고 하시는 말씀입니까?"

"……."

"정말 너무하십니다. 제가 뭘 그렇게 잘못했습니까?"

"여기서 할 대화는 아닌 것 같다. 남은 얘기는 가서 마저 하지."

아들 앞에서 동생을 더는 추궁할 수 없었다. 란데르트 공작이 리암의 말을 자르고는 먼저 돌아서 갔다. 바율은 그 뒤를 조용히 눈치를 보며 따라갈 수밖에 없었다.

"사실은 아버지께서도 감사해하실 거예요. 단지 지금 시국이 시국이다 보니 그렇지요. 로이안 황제가 국경을 넘었다면서요? 아마 그래서 더 예민하실 겁니다."

바율은 섭섭해하는 작은아버지를 위로하고자 아버지의 입장을 대신 설명했다.

"지금 내가 좀 뭐라고 했다고, 네 아버지 편드는 것이냐?"

"…예?"

"녀석, 놀라기는. 농이다. 나라고 왜 형님 속을 모르겠느냐. 그냥 가끔씩 좀 서운해서 그런 것이니, 더는 신경 쓰지 않아도 된다. 형님께 혼나는 일이야 어려서부터 늘 있던 것이니."

"그러셨습니까?"

"몰랐느냐?"

란데르트 공작은 일찍 돌아가신 부친으로 인해 장남으로서 일찌이 작위를 하사받았다. 그에 반해 나름 늦둥이로 태어난 리암은 부모를 대신해 형에게 잔소리를 들으며 클 수밖에 없었다.

“그래도 형님의 꾸짖음에는 항상 애정이 담겨 있었단다. 투덜대긴 했지만, 그걸 알기에 반항하지 않고 이렇게 잘 크기도 했고.”

리암이 본인의 가슴을 두드리며 설핏 웃었다.

“그러다 딱 한 번 형님에게 무섭게 혼이 났던 적이 있었다. 이전과는 완전히 다른 모습에 적잖이 놀랐었지.”

“무슨 일로 그러셨던 겁니까?”

“…이런 말을 네게 해도 될지 모르겠구나.”

“……?”

“내가 반대를 했었거든.”

“반대요?”

“그래, 네 어머니를 말이다.”

바율은 깜짝 놀라 하마터면 찻잔을 떨어뜨릴 뻔했다. 그가 말을 잇지 못하자 리암이 미안한 얼굴로 변명하듯 말했다.

“나도 나름의 이유는 있었단다. 늦도록 장가를 안 가셔서 걱정하던 차였는데, 난데없이 출신도 성분도 모르는 여인을 데려오셔서는 혼인을 하겠다고 하시니, 내 딴에는 정말 황당하고 어이가 없었다."

아버지와 어머니께서 살아 계셨더라도 그처럼 반대를 하셨을 것이다. 십년전쟁이 터지기 이전에는 변방의 유명하지 않은 백작가였지만, 당시엔 이미 란데르트 공작의 위명이 하늘을 찌르는 시기였다. 제국 내 모든 명문가에서 혼인첩이 날아드는 그 시점에, 평민에 고아였던 여인을 아내로 맞이했으니 동생인 리암에겐 천지개벽과도 같은 일이었다.

"작은아버지 심정 이해합니다."

"…진심이냐?"

"네, 그 일로 제국 전체가 난리가 났었다는 것은 저도 아니까요."

혜성같이 등장한 국보급의 귀족 사내였다. 전쟁이 끝나면 공작으로 작위가 상승할 거란 소문이 이미 파다했다. 신의 경지에 다다른 능력도 능력이지만, 초혼에다가 빼어난 외모, 인성까지 두루 갖췄으니 남편감으론 더없이 출중한 인물이었다.

그런 이를 산골의 이름 모를 여인이 차지했으니 제국이 발칵 뒤집힌 것은 어찌 보면 당연한 일이었다.

"그때 형님께서 그러시더구나."

"또 한 번만 이베트에 대해 안 좋게 말을 하면 아무리 너라 할지라도 다시는 보지 않겠다."

"평생 형님께 들은 말 중 가장 무서운 발언이었다."

"…서운하셨겠어요."

"뭐, 그때는 조금 그랬지."

하지만 지금은 다 지난 일이었다. 핏줄보다 무서운 게 사랑인 건가 싶어 잠깐 우울하긴 했으나, 결론적으로 이베트는 괜찮은 여인이었다.

"아무튼, 그 이후로 난 조용히 입을 닫았단다. 형님을 안 보고 살 수는 없었으니까."

무거워진 분위기를 바꿔 보고자 리암이 장난스레 눈웃음을 쳤다.

"그리고 시간이 좀 지나고 난 후에야 내가 편견을 지니고 있었음을 깨달았지."

"편견이요?"

"그래, 형수님은 아주 좋은 분이셨거든."

뭔가를 생각하듯 리암의 눈빛이 깊어졌다.

"형님의 선택을 이해할 수 있었다. 돌이켜 생각해 보면 형님에겐 형수님과 같은 분이 필요했던 것 같기도 하구나."

"어머니는 어떤 분이셨나요? 유난히 비를 좋아하셨고, 잘 웃으셨던 분이었다는 것 말고요."

"글쎄다…… 무슨 얘기를 해 줘야 할까?"

리암에게 이베트는 하늘에서 뚝 떨어진 사람처럼, 형이 어느 날 갑자기 데려온 여인이었다. 소문만 무성하던 그녀를 처음 본 순간, 어느 지체 높은 가문의 고명한 여식이라 느꼈을 만큼 분위기며 외모가 평범하지 않아 당황했던 기억이 난다.

"특별히 생각나시는 일 같은 것 없으세요?"

"흐음……."

"아버지께서 어머니를 만난 곳이 혹시 어디쯤인지 알고 계신가요?"

"정확히는 모르겠다만, 아마 캐니언 산맥 부근 어딘가였을 거다. 당시 전투를 마치고 돌아오는 길이셨거든. 그러다 잠시 들른 작은 마을에서 네 어머니를 만나신 게다. 그곳에서 형님이 형수님께 손수 이름까지 지어 주셨지."

"…이름을 지어 주셨다고요? 아버지께서 말입니까?"

처음 듣는 이야기였다.

대부분의 사람들은 누구나 태어나면서부터 이름이 있다. 그건 신분 고하를 막론하고 적용되는 법칙과도 같았다.

한데 왜 어머니의 이름을 아버지께서 지어 주셨단 말인가?

어머니는 이름이 없었다는 뜻인가?

어째서……?

"……!"

갑자기 벼락이라도 맞은 듯 바울은 소름이 쫙 끼쳤다.

이름을 지어 주는 것.

그건 바울이 정령들에게 했던 일이기 때문이다.

이노센트, 셰임, 템페스타. 세 녀석 모두 이름이 없어 바울이 직접 지어 주었다.

'설마 어머니께서……!'

"잘은 모르겠지만, 이름에 조악한 느낌이 있어 그러하지 않았겠느냐? 공작 부인의 이름이니 좀 더 깔끔하게 개명하는 것이 낫겠다고 생각하셨을 테지."

"아…… 그런 것일 수도 있겠군요."

개명까지는 미처 생각하지 못했다.

"그럼 어머니의 원래 이름은 무엇이지……."

바울이 얼떨떨한 목소리로 홀로 중얼거릴 때, 용무를 마친 란데르트 공작이 식당으로 들어섰다.

"무슨 대화를 그리들 진지하게 나누고 있는 거지?"

"그냥 이런저런 안부 좀 나누었습니다. 차 먼저 하시겠습니까?"

"아니다, 시장하구나."

공작의 그 한마디에 바로 식사가 차려졌다. 갓 구운 부드러운 빵과 뜨끈한 수프, 신선한 채소 등이 먹음직스럽게 식탁을 채웠다.

"하필이면 방학 중에 황도에 가게 되어서 형님께서 마음이 불편하시겠습니다. 부자간의 회포도 좀 풀고 그래야 할 터인데, 폐하의 결혼식이 열리니 원……."

"회포라면 이미 풀었다."

"…아, 그러셨습니까?"

둘의 사이가 소원하다는 것을 잘 아는 리암이었다. 한데 조금 전 바일을 보러 간 강둑에서도 느꼈지만, 어쩐지 분위기가 이전 같지 않았다.

"캐링스턴으로 돌아가기 전까지는 아마 올 수 있을 것이다. 그때까지 해밀턴을 잘 부탁한다."

"네, 아버지. 여긴 염려 마시고 잘 다녀오세요."

바율이라고 왜 아버지와 함께 있고 싶지 않겠는가. 하지만 작금의 황실엔 아버지가 반드시 계셔야만 했다. 로이안 황제의 수작을 막을 수 있는 건 아버지뿐이라고 바율은 생각했다.

"이렇게 셋이 식사를 하는 것도 오랜만인 것 같군."

"그러게 말입니다."

"아버지께서 돌아오시면 작은집 식구들과도 함께 식사

자리를 갖는 건 어떨까요?"
"내 가족과 말이냐?"
"네, 작은아버지. 작은어머니도 그렇고, 데릭 형과 누나들을 본 지도 꽤 된 것 같아서요."
리암은 슬하에 1남 2녀를 두고 있었다. 형보다 먼저 장가를 갔기에 셋 모두 바율보다 나이가 많았다. 장녀는 혼인해서 타지에 살고 있었고, 장남과 차녀는 리암과 함께 해밀턴에 거주 중이었다.
"좋은 생각이다. 황도에서 돌아오면 리암 네가 자리 한번 마련해 보려무나. 이러다간 조카 얼굴도 까먹을까 싶다."
"예, 형님. 알겠습니다."
바일이 살아 있을 땐 그나마 왕래가 자주 오갔는데, 그렇게 떠난 이후로는 리암만이 드나드는 실정이었다. 형이 조카를 보고 아들을 떠올릴까 싶어서 한 나름의 배려였다.
"말이 나와서 말인데, 바율."
란데르트 공작이 식사를 하다 말고 아들을 지그시 바라보았다.
"아비가 없을 땐 네가 이 성의 주인이다. 무언가 결정할 상황이 오면 주저하지 말고 소신껏 행동하거라. 결과에 상관없이 난 널 믿는다. 아비가 하는 말의 뜻을 잘 알겠지?"
"네, 아버지. 걱정 마세요."

폭우로 인해 크고 작은 사건들이 연달아 일어나고 있었다. 자신과 동생까지 자리를 비우는 이때, 사고가 발생하면 책임자는 바율이 될 수밖에 없었다.

어린 아들에게 잠시지만 무거운 짐을 지운 것 같아 마음이 편치 않지만, 란데르트 공작은 자식을 믿기로 하였다.

그의 믿음이 아들을 더욱 성장하게 할 것이다. 그의 아버지가 그러했듯 공작도 그리하기로 정했다.

"마지막으로 한 가지 더."

란데르트 공작이 의미심장한 눈빛으로 힘주어 말했다.

"식사 후에 체스 한 게임 어떠하냐?"

"괜찮으시겠어요?"

"오늘은 만만치 않을 것이다."

3전 3패의 굴욕을 만회할 각오가 되어 있었다. 란데르트 공작의 굳은 결의에 바율은 여유 있는 미소로 화답했다.

"아버지께서 정히 원하신다면 두어야죠. 기대하겠습니다."

"허허, 녀석. 상대를 얕보면 어찌 되는지 내가 똑똑히 보여 주마."

바율의 도발에 란데르트 공작이 의지를 활활 불태웠다. 하나 승부욕을 보이는 공작이나 바율이나 얼굴에는 즐거운 기색이 역력했다.

"……."

리암이 묘한 눈길로 쳐다보는 것도 모른 채 두 부자는 한동안 서로를 향해 농담을 주고받으며 저녁 식사를 즐겼다.

Chapter 8.
얼음 광산

1.

"리타, 캐링스턴에서 야시장에 갔었다면서? 어땠어? 거긴 여기보다 훨씬 크고 볼거리도 많았겠지?"

하인 식당에 몇몇이 모여 점심을 먹던 중이었다. 어디서 얘기를 들었는지 에슬린이 부러운 얼굴로 리타를 보며 말했다.

"비 때문에 해밀턴에선 야시장이 안 열린 지 너무 오래되었어. 입에 당과 하나 물고 구경하면 진짜 재밌는데, 히잉……."

사고 싶은 것도, 궁금한 것도 많은 십 대 소녀였다. 모든 사람들이 그렇겠지만, 특히나 에슬린과 같은 또래들에겐 지금처럼 실내에서만 갇혀 지내는 것은 꽤 많은 인내심이 필요했다.

"캐링스턴은 날씨가 좋아서 야시장이 자주 열리긴 해. 근데 나도 딱 한 번 가 봤어. 도련님이 가신다기에 쫄래쫄래 따라갔지."

생전 처음 가 본 야시장의 화려함과 부산스러움을 모두에게 알려 주고 싶었지만, 왠지 혼자서만 즐기고 온 것 같아 미안하기도 했다. 해서 리타는 최대한 신나는 목소리를 자제했다.

"규모가 엄청나긴 하더라. 국제적인 도시다 보니 외국인들도 많이 보이고, 먹거리도 풍성하고. 아무튼 신기했어. 근데 좀 복잡하다고 해야 할까? 혼자 갔다가는 딱 길 잃어버리기 십상이야."

"사람이 얼마나 많기에 그래?"

"다 셀 수도 없지. 살면서 그렇게 많은 사람을 본 적이 없었어."

"저도 형님께 들었습니다. 맛있는 것들이 엄청 많다고 흥분해서 말씀하시더군요!"

조용히 먹는 것에만 집중하고 있던 바르가 갑자기 끼어들었다.

"도련님의 친구분 덕분에 거의 공짜로 온갖 것을 다 먹어 봤다고 어찌나 자랑을 하시던지, 부러워서 죽는 줄 알았습니다. 저도 다음번에 꼭 데려가시겠다고 하셨는데, 그때가 언제일까요?"

바르의 두 눈은 마치 꿈을 꾸는 듯했다. 입술을 오물오물하는 모양새가 이미 그날을 상상하고 있었다.

"우아! 바르, 좋겠어요! 나도 가고 싶다!"

에슬린만이 아니었다. 식사 중이던 다른 하인들도 그녀와 표정이 별반 다르지 않았다. 한 명만 빼고는.

'가만히 있을 애가 아닌데…….'

이상한 건 타니아였다. 이쯤 되면 자랑 좀 그만하라며 비아냥거리고도 남았을 그녀가 아무런 반응이 없다.

'집에 무슨 일이라도 있는 건가?'

생각해 보면 요새 부쩍 말수도 줄었고, 어딘지 의기소침해 보이는 게 별로 친하지도 않은 리타가 걱정이 들 정도였다. 특별히 아픈 것 같지는 않은데 기운이 없고 안색도 칙칙하다. 그래서 안경에 대해 더는 따질 수가 없었다.

"내가 야시장에 가게 되면 겨울 방학에 돌아와서 세세하게 전부 이야기를 해 주지. 나만 믿으라고! 우리 형님이 한번 하신 말씀은 반드시 지키시는 분이거든. 내가 꼭……!"

"바르, 아까 제가 시킨 일은 다 했어요?"

"예?"

리타의 기습적인 질문에 한창 떠들던 바르가 어리둥절한 표정을 지었다. 어째선지 스승님의 음성이 싸한 게 자신이 뭔가 잘못한 것 같아 걱정이 들기도 한다.

“오늘 저녁 식사에 쓰일 요리 재료들 손질해 놓으라고 분명 말했을 텐데요?”

“아, 네. 스승님. 그거라면 식사 후에 할 예정입니다.”

“청소도 해야 하고 그 외에도 할 일이 많은데, 지금 이렇게 노닥거릴 시간이 있어요? 식사 시간이 너무 긴 것 아닌가요?”

“그, 그랬나요?”

“네, 당장 움직이세요!”

식사 때만큼은 건드리지 않을 생각이었는데, 바르가 눈치 없이 계속 자랑을 해 대는 바람에 리타도 어쩔 수가 없었다.

안 그래도 캐링스턴에 다녀온 이후로 동료들의 부러움과 시샘을 한 몸에 받고 있었다. 되도록 사람들 앞에서 으스대는 듯한 지금과 같은 상황을 만들고 싶지 않았다.

‘괜한 분란을 조장해서 시끄러워지면 안 돼. 도련님께서 걱정하실 거야.’

“리타, 너무 그러지 마. 평소에 일도 얼마나 열심히 하시는데…… 밥이라도 편히 먹게 해 주지…….”

에슬린이 리타의 속도 모른 채 바르의 편을 들고 나섰다.

“그래, 리타. 덩치만 저렇지, 네 말이면 껌뻑 죽는 녀석인데 좀 살살 다뤄라.”

서둘러 뛰어나가는 바르의 뒷모습을 짠하게 바라보며 호슈에 부인도 리타를 나무랐다.

“인상이 험상궂어서 내가 첨엔 좀 오해를 했었는데, 쭉 보니까 순하디순한 양이더라. 티를 안 내서 그렇지, 상처받을지 모른다, 너?”

“…상처요?”

“그래! 가끔 네가 그 형제들 막 대하는 거 보면 내가 다 깜짝 놀란다고.”

“저도요! 근데 그럴 때마다 어쩜 그렇게 리타 말을 잘 듣는지, 신기할 지경이라니까요?”

“아니, 내가 언제 또 그렇게 막 대했다고…….”

“네 말이라면 꼭 신처럼 따르던데?”

“뭐? 신?”

“응, 몰랐어? 바르는 말할 것도 없고, 아몬은 정원사라며? 근데 네가 손 하나 까딱하지 말래서 청소만 하고 있잖아. 청소해 놓은 거 보고 진짜 감탄했다니까? 성이 이렇게까지 깨끗해질 수 있다는 걸 난 이번에 알았어.”

그건 네가 아몬의 취향을 몰라서 그러는 거거든? 그대로 하게 내버려 뒀으면 정원이 아니라 지옥이 되었을 거라고! 뭘 알지도 못하면서 그러냐!

소리쳐 반박하고 싶었지만 리타는 차마 그 말을 입 밖으로 내뱉을 수가 없었다. 그들 형제가 그녀의 말이라면 군소리 없이 잘 들어준다는 것을 리타 역시 인지하고 있었기 때문이다. 다만 막 대한다고는 생각한 적이 없어 자신을 되돌아보는 중이었다.

'내가 그렇게 심했나…….'

"청소에 관해서라면 특별 보너스를 지급하기로 이미 결정했단다."

묵묵히 식사 중이던 조아나 집사가 미소를 지으며 말했다.

"와, 정말요? 역시 저만 놀라운 게 아니었어요! 특별 보너스라니, 대단하네요!"

"나도 고마운 마음에 먹는 걸로 뭐라고 안 하고 있잖니. 너무 먹어 대서 걱정이 좀 되긴 하지만, 수고에 따른 보상인 셈 치고 있다."

"영주님이 돌아오실 때까지 청소를 다 끝낼 수 있겠죠?"

"그렇게 되도록 해야지."

성의 규모가 워낙에 크다 보니 그 모두를 청소한다는 것이 만만치 않은 게 사실이었다. 데스 형제는 방학이 끝나면 바율을 따라 캐링스턴으로 돌아가야 한다. 그 전까지 성의 청결을 그들에게 전적으로 일임할 작정이었다. 물론 수고비는 넉넉히 챙겨 줄 것이다.

"이 비가 얼른 그쳐야 우리도 해를 좀 볼 수 있을 텐데……."

호슈에 부인이 창밖을 보며 한숨을 짓고는 케이크를 한 조각 예쁘게 담아 리타에게 건넸다.

"도련님 간식 드실 시간이다. 리타, 네가 갖다 드리려무나."

"네, 호슈에 아줌마."

"어디에 계신지는 알고 있니?"

"아마 서재에 계실 거예요. 영주님께서 황도로 떠나시고 줄곧 그곳에서 시간을 보내시거든요."

정확히는 서재와 연결된 비밀 공간이었지만, 그것까지 말할 필요는 없었다. 그녀가 머릿속으로 데스 형제에 대한 자신의 태도를 되돌아보며 케이크를 들고 이 층으로 향했다.

"조아나 집사님! 커닝 집사장님께서 지금 당장 모이시랍니다!"

그때 하인 하나가 황급히 달려와 조아나를 찾았다.

'무슨 일이지?'

전하는 하인의 음성이 상당히 심각했다. 케이크 접시를 손에 쥔 채 리타는 우선 커닝 집사의 집무실로 가 보았다.

2.

그 시각, 바율은 리타의 짐작대로 서재의 비밀 공간에 들어서는 중이었다. 책장에서 서책 몇 권을 순서대로 건드리자 숨겨져 있던 문이 드르륵 열렸다.

"…데스?"

바율은 당연히 아무도 없을 거라고 예상했다. 한데 보기 좋게 그 예상을 깨며 데스가 눈앞에 나타났다.

"여긴 어떻게……?"

바율이야 어머니에 대해 떠올리다 보니 마음이 어수선해서 찾아온 것이었다. 데스와 함께 발견한 공간이긴 하지만, 이곳은 엄연히 개인적인 공간이었고 당연히 허락 없이 들어올 만한 곳은 아니었다.

그에 바율이 의아함과 불쾌함을 동시에 내비치자 데스가 해명했다.

"청소가 필요할 것 같아서."

"…청소요?"

그제야 바율의 눈에 깨끗해진 주변 환경이 들어왔다. 원래는 먼지가 자욱했던 곳인데 말끔해졌다. 어쩐지 숨 쉬는 것도 편안해진 느낌이다.

"아, 고맙습니다."

진즉에 청소를 했어야 했는데 그러질 못했다. 사실 이 공간에만 들어오면 다른 생각을 할 수 없어 더 그랬는지 모른다.

어머니가 그리울 때면, 어머님에 대한 의문이 깊어질 때면 이곳에 들어와 초상화를 한참 동안 들여다보곤 했다. 그건 요즘 바율의 일상과도 같았다.

"어머니의 원래 이름은 무엇일까요?"

바율이 소파에 앉아 초상화를 올려다보며 데스에게 물었다. 그건 스스로에게 묻는 것이기도 했다.

'원래 이름이 있기는 하셨을까?'

"원래 이름?"

"네, 아버지께서 혼인하시기 전 어머니의 이름을 직접 지어 주셨다고 해서요. 이름이 없는 사람은…… 없으니까요."

"그건 좀 많이 이상하군. 인간들은 살면서 이름을 막 바꾸기도 하는 건가?"

"… '인간들은' 이요?"

"아, 귀족들 말이야. 우리 같은 사람들은 그런 일이 없거든."

"저도 많이 보지는 못했지만, 개명하는 분들이 있기는 있더군요."

황족인 로티어스 교수님은 신분을 숨기기 위해 성까지 바꾸셨다. 어머니라고 그러지 말란 보장은 없을 것이다.

"그런 귀찮은 짓을 왜 하는 것인지 참으로 희한하군."

냉소적인 데스의 대꾸에 바율은 그저 웃고 말았다. 그에게 할 말은 아니었는데, 자신도 모르게 어머니에 대한 얘기를 꺼냈다.

이곳을 함께 발견했기 때문인지, 아니면 간혹 드러나는 그의 허를 찌르는 말 때문인지는 잘 모르겠다.

친구들이 곁에 없어서이기도 하겠지만, 요즘 들어 자신이 부쩍 데스를 의지하는 것만은 확실했다. 본래도 어머니에 대해 스스럼없이 얘기할 수 있는 존재가 몇 안 되는데, 근래엔 개중 데스와 가장 많은 대화를 하고 있었다.

"아버지께 물어보긴 한 건가?"

"아니요……."

차마 어머니의 이름까지는 여쭤볼 새가 없었다. 중요한 일을 앞두고 계신 아버지에게 이미 많은 것들을 물은 상태였다. 떠나시기 전 마지막 밤에는 오랜 시간 체스를 두며 아쉬움을 달래는 게 바율에게는 최선이었다. 괜한 심기를 어지럽혀 드리고 싶지 않았다.

"달리 물어볼 만한 사람은?"

"없습니다."

해밀턴에 오기 전부터 아버지는 어머니를 '이베트'란 이름으로 부르셨다. 작은아버지도 이름이 바뀌었다고만 기억하시지, 그 이전에 대해선 전혀 아시는 바가 없었다.

"캐니언 산맥을 찾아가는 수밖에 없는 건가……."

그곳 어딘가에서 만나셨다고 하니 그 흔적이 남아 있을 수도 있다. 하지만 캐니언 산맥은 결코 작은 산맥이 아니었다. 그곳을 무슨 수로 다 뒤진단 말인가. 애초에 불가능한 이야기였다.

"도련님! 도련님!"

그때 서재 밖에서 바율을 애타게 찾는 리타의 소리가 들렸다. 그녀는 비밀 공간에 대해 알기는 하지만 들어오는 방법에 대해서는 따로 알지 못했다. 바율이 말도 없이 자꾸 사라지는 통에 찾다 보니 재스퍼를 통해 자연스레 알게 된 것이었다.

안쪽에서 장치를 누르자 책장의 문이 스윽 다시금 열렸다.

"리타, 왔어?"

"지금 당장 아래층에 내려가 보셔야 할 것 같아요!"

리타의 표정이며 말투가 굉장히 다급했다.

“무슨 일인데 그래? 누가 다치기라도 했어?”

“차라리 그러면 다행이게요? 광산이 무너졌대요!”

“…광산이 무너져?”

“네! 북부 얼음 광산이 무너져서 갱도에 수십 명의 인부가 갇혔답니다! 어떡해요, 도련님?”

“그게 언제 터진 거지?”

“…그건 저도 모르겠어요! 지금 밑에 커닝 집사님 집무실에서…….”

리타의 말은 끝을 맺지 못했다. 바율이 이미 밖으로 달려 나가고 있었기 때문이다.

북부의 얼음 광산.

그곳은 해밀턴에서만 나는 특수한 광물을 채취하는 곳으로, 도시의 주 수입원이자 해밀턴의 많은 가장들이 몸을 담고 있는 일터였다. 그렇기에 아버지도 평소에 많은 신경을 쓰시는 중요한 지역이었다.

‘제발 큰 사고가 아니어야 할 텐데…….’

아버지가 부재중이신 지금 모든 결정은 바율의 몫이었다. 그에 따른 책임 또한 그가 지어야만 한다. 아래층으로 향하는 바율의 만면이 걱정으로 가득했다.

3.

"도련님!"

커닝 집사의 집무실 문은 활짝 열려 있었다. 성내 모든 집사뿐 아니라 나이가 지긋한 하인들까지 모여 심각한 얼굴로 얘기 중이었다. 그러던 그들은 바율의 등장에 일제히 대화를 멈추고 한쪽으로 물러났다.

"광산에서 사고가 있었다고 들었습니다. 몇 명이나 갇힌 거죠?"

"아, 네. 그게, 정확한 수치는 아직 잘 모르겠으나 대략 이삼십 명 이상이 매몰된 것 같습니다."

"언제 일어난 일입니까?"

"오늘 새벽 4시 경입니다."

현재 시각이 오후 1시이니, 벌써 아홉 시간이 지났다. 얼음 광산까지는 최고 속도로 달려도 세 시간은 걸릴 것이다. 하면 도합 열두 시간. 꼬박 하루의 반을 갇힌 셈이다.

인부들이 그때까지 살아 있을까?

제발 부탁이건대 목숨만은 부지하고 있기를 바율은 진심으로 바랐다.

"지금 바로 출발하죠. 말을 대기시켜 주세요."

"…직접 가시겠다는 말씀입니까?"

커닝 집사가 놀란 얼굴로 물었다. 그만이 아니었다. 모여 있던 하인 전부가 아연한 표정을 짓고 있었다.

"최대한 빨리 가야 하니 마차는 됐습니다. 일행이 많으면 시간이 지체될 수 있으니 인원도 최소한으로 하죠."

"송구한 말씀이오나 그건 안 됩니다, 도련님. 거기가 어딘데 도련님께서 직접 가신단 말씀이십니까? 북부는 험준한 지대입니다."

"그러니 더욱 제가 가야지요. 지금은 아버지께서 안 계십니다. 당연히 아들인 제가 해결하는 것이 맞지 않습니까?"

"하지만 거긴……."

"이언 경을 불러 주세요. 호위는 이언 경으로 충분합니다. 힘쓸 일이 있을 것 같으니 데스 형제들도 데려가겠습니다."

바율은 청하는 것이 아니었다. 명령이었다.

"아비가 없을 땐 네가 이 성의 주인이다. 무언가 결정할 상황이 오면 주저하지 말고 소신껏 행동하거라. 결과에 상관없이 난 널 믿는다. 아비가 하는 말의 뜻을 잘 알겠지?"

아버지께서 황도로 떠나시기 전 당부하셨다. 아버지의

아들로서, 란데르트 공작가의 후계자로서 바울은 이 사고를 수습해야 했다.

"신전에도 연락을 넣어 주세요. 부상자가 많을 터이니 단단히 준비해서 오라 전하십시오."

커닝 집사의 만류가 전혀 통하지 않았다. 침착하게 지시를 내리는 바울의 모습은 그가 알고 있던 예전의 도련님이 아니었다.

갑작스러운 사고 소식에 커닝 집사조차 놀라 허둥지둥하는 이때, 열여섯의 어린 주군이 이토록 차분할 수 있다는 것이 놀라운 한편 대견하다. 흡사 영주님을 뵈는 듯했다.

"여전히 밖에는 비가 많이 내립니다. 얼음 광산은 해밀턴에서 가장 척박한 땅임을 명심하십시오. 몸조심하셔야 합니다."

결국 커닝 집사가 바울의 뜻을 받아들였다.

"도련님 말씀 다들 잘 들었겠지? 이러고 꾸물거릴 틈이 없다. 모두 서둘러 움직여라!"

이동을 위해선 바울도 옷을 갈아입어야 했다. 흩어지는 하인들 사이로 그가 어느 때보다 빠르게 이 층으로 뛰어 올라갔다.

4.

잠시도 쉬지 않고 달린 끝에 겨우 도착했다. 장대비가 쏟아지는 와중에도 바율이 꿋꿋이 말 등에서 버틸 수 있었던 건 전부 템페스타의 덕이었다.

녀석은 바율의 몸이 무거워지거나 균형이 흐트러질 때마다 알아서 척척 도움을 줬다. 앞서 가던 이언은 걱정이 된 듯 자주 뒤를 돌아봤지만, 바율은 물론이고 데스 형제들 역시 능숙하게 말을 조종하며 그를 따랐다.

광산이 무너졌다.

그리고 많은 영지민이 그 속에 갇혔다.

그 사실을 듣는 순간 바율은 다른 생각을 할 수 없었다. 오로지 구해야 한다는 마음뿐이었다. 바율에겐 정령들이 있었고, 녀석들의 힘이라면 어떻게든 가능할 것 같았기 때문이다.

'탈진 상태가 최대한 늦게 와야 할 텐데…….'

인부들을 전부 구출해 낼 때까지만 버텨 주었으면 더 바랄 것이 없겠다.

"헉! 도, 도련님이 직접 오셨습니까?"

광산에 도착하니 대책 회의가 한창이었다. 책임자인 듯한 중년 사내가 바율을 알아보고 황급히 일어나 인사했다.

"상황 보고부터 하게. 매몰된 곳이 어디인가?"

이언이 우비를 벗어 던지며 탁자에 펼쳐진 지도를 살폈다. 그의 단복에 드러난 만월 기사단의 표식을 발견한 사내가 눈에 띄게 긴장하며 지도의 한 지점을 가리켰다.

"이쯤 어딘가로 추정됩니다."

"깊이는?"

"약 지하 500미터 정도입니다."

"인부는 정확히 몇 명이나 되죠?"

"그게……."

어째선지 사내가 말을 흐렸다. 그에 바율과 이언이 인상을 찌푸리자 그가 시선을 회피하며 대답했다.

"…오, 오십 명쯤 됩니다."

"오십이요? 이삼십 명으로 알고 있었는데, 왜……?"

"그새 또 사고가 터진 건가?"

"…죄송합니다."

사내의 고개가 갈 곳을 잃고 바닥으로 푹 꺼졌다. 입이 열 개라도 할 말이 없었다. 오랜 시간 얼음 광산의 책임자로 있으면서 금번 같은 큰 사고는 그도 처음 겪는 일이었다.

본성으로 소식을 전하자마자 또 한 번의 폭파 사고가 터지는 바람에 지금의 그는 그야말로 공황 상태였다.

"지금은 인명 구출이 최우선입니다. 잘잘못은 나중에 따지기로 하고, 작업부터 시작하죠."

"무너진 갱도의 복원 작업은 이미 실행에 들어갔습니다. 사고가 난 두 지점이 근거리라서 그나마 한 방향으로 나아가면 되는데, 다만 한 가지……."

"다만 한 가지, 뭔가? 뜸 들이지 말고 말하게."

"몇이나 살아 있을지…… 그것이 걱정입니다. 갱도를 복원하는 데만도 며칠이 소요될지 모르는 상황이라…… 그때까지는 또 몇 명이나 살아남아 있을지……."

사건이 터진 지 열두 시간, 이미 하루의 절반이 지났다. 하나 이후로 저들이 얼마나 더 갇혀 있을지 장담할 수 없다. 먹을 것은 고사하고 마실 물과 숨을 쉴 공기마저 부족할 것이다. 닥쳐올 미래가 두려웠다.

—바율, 찾았어!

그때 템페스타가 획 날아왔다.

—안쪽에 길이 완전히 무너지진 않은 것 같아! 사람들의 목소리가 꽤 많이 들려!

'정말? 다행이다! 셰임, 모두 살아 있나요?'

가장 확실히 알 수 있는 건 셰임이었다. 바율은 템페스타에게 고맙다고 말하며 셰임의 답을 기다렸다.

—아직까지는 그런 것 같다…… 하지만 상태가 위태로

워 보이는 자들이 몇 있다…….

갱도가 무너졌는데 부상자가 없다면 외려 더 이상할 것이다. 아직 살아 있는 것이 어디인가. 바율은 입술을 깨물며 이노센트에게 부탁했다.

'이노센트, 지금 갇힌 사람들은 목이 많이 마를 거야. 빗물이 잘 흘러들게 해 줄 수 있지?'

―응, 해 볼게!

비가 내리고 있어 물이 전혀 없지는 않을 것이다. 하나 지하 깊숙한 곳까지 빗물이 닿았을 거란 보장이 없다. 갈증이라도 해소해야 버티는 데 도움이 될 것이다.

"이제 막 자식을 얻은 젊은 아비도 있는데, 이러다 전부 잘못되는 것은 아닌지……."

정녕 그리된다면 사내는 지금처럼 평범하게 살아갈 자신이 없었다. 모두가 자신의 잘못이었다. 데릭 도련님의 청을 거절했어야 했다.

"모두 살아 있습니다."

"…예?"

"단 한 명도 죽지 않고 살아 있을 거라고요."

바율의 확신에 찬 어투에 사내는 물론 이언을 포함한 주위의 모든 이들이 어안이 벙벙한 얼굴로 바율을 쳐다보았다.

"우리가 그렇게 믿어야만 모두가 살아 돌아올 수 있습니다. 지금 가장 무섭고 두려운 건 광산에 갇힌 분들이에요. 그들이 희망을 버리지 않도록 우리가 더욱 마음을 단단히 가져야 합니다. 아시겠어요?"

작지도 그렇다고 크지도 않은 음성이었다. 하지만 묵직한 무게가 실려 있다.

사람들과 눈을 하나하나 맞추며 힘주어 말하는 바율의 모습은 영락없이 아버지인 란데르트 공작과 똑같았다.

그래서였을까.

근심과 우려로 가득했던 사람들의 눈빛이 어느새 의지를 보이며 반짝였다. 그래, 이럴 게 아니다. 한 사람이라도 더 힘을 보태 인부들을 구해야 한다. 모두가 우리의 식구들이다.

"나갑시다!"

책임자까지 나서 복원 작업에 뛰어들었다. 이언과 데스 형제들도 장비를 들고 그 무리에 합류했다.

'셰임, 준비되었어요?'

바율은 사람들의 눈을 피해 조용히 빠져나왔다. 겉으로는 당당한 척 굴었지만, 사실 그의 속은 타들어 가고 있었다.

책임자의 말이 맞았다. 매몰자를 구출하기 위해선 다시금 굴을 파고 지지대를 세워 가며 갱도를 만들어야 했다. 그것이 가장 안전한 구출 방법이다.

하지만 시간이 문제였다. 그대로 진행하면 부상자들뿐만 아니라 멀쩡한 사람들까지 위험해질 수 있다.

광산으로 말을 타고 달려오는 내내 머릿속으로 생각했다. 어떻게 하면 제일 빠르고 안전하게 인부들을 구출할 수 있을까.

답은 정령들밖에 없었다. 특히나 땅의 정령인 셰임의 힘이 절대적으로 필요했다.

—나는 준비되었다…….

셰임은 인부가 매몰된 지점의 상층부 지면에서 대기 중이었다. 갱도 복구 작업에 전원이 투입된 터라 다행히 주변에는 사람이 하나도 없었다.

바율이 신호를 보내면 셰임은 그대로 수직으로 하강해 굴을 파고 내려갈 예정이었다. 그리고 인부들이 갇혀 있는 공간의 지반 자체를 위로 들어 올릴 것이다. 지하의 땅이 지상으로 올라오는 것이니 고의로 지진을 일으키는 셈이었다.

무너지는 흙더미 속에서 우왕좌왕할 인부들은 이노센트와 템페스타가 각자의 능력을 이용해 최대한 도울 생각이었다.

처음엔 구멍을 파서 밧줄을 내릴까, 구덩이 속으로 바람을 일으켜 빼낼까, 온갖 상상을 다 했다. 하지만 무려 500

미터 깊이의 땅속이었다. 위험도가 높긴 하지만 가장 빠른 방법은 결국 지각 변동이란 결론뿐이었다.

문제는 셰임이 그걸 해낼 수 있을 것이냐였는데, 일단 해보겠다는 것이 셰임의 뜻이었다.

처음 도전하는 시도였고, 이곳엔 정령석도 없었다. 어쩌면 거의 도박이나 마찬가지지만, 많은 생명이 걸린 일이니만큼 실행해 볼 만한 가치가 있었다.

'셰임.'

바율이 이름을 부르기가 무섭게 셰임이 땅으로 파고들었다. 어떤 결과가 일어나도 받아들여야 한다. 바율의 심장 박동 수가 점점 빨라졌다.

'힘내요, 셰임.'

바율이 응원하는 사이 드디어 셰임이 목적지에 도달했다. 그가 계획대로 지반을 흔들어 일대에 지진을 일으켰다. 갱도의 복원 작업을 하고 있던 사람들의 비명 소리가 바율이 있는 곳까지 들렸다. 놀란 그들이 다급히 대피하기 시작했다.

거기는 안전할 거라고 소리쳐 알려주고 싶었으나, 빠르게 줄어드는 셰임의 기운 때문에 바율은 긴장의 끈을 놓칠 수 없었다.

쩌적— 쩌적—

진동에 이어 땅바닥이 쩍쩍 갈라졌다. 세임은 남은 힘을 모조리 끌어모아 인부들이 딛고 있는 지하 세계를 위로 끌어 올렸다.

콰아아아!

바닷속에 침몰했던 함선이 떠오르듯, 거대한 땅덩이가 지상으로 점점 모습을 드러냈다.

"으어엇!"

"사, 사람 살려!"

밖으로 나온 인부들은 다들 잔뜩 겁에 질려 있었다.

방금 전까지만 해도 갱도에 갇혀 죽느냐 사느냐 하는 판국이었는데, 지진에 휩싸여 탈출에 성공했다. 바깥 공기를 쐬게 된 것까지는 좋지만, 당장은 기쁨보다는 무서움이 클 수밖에 없었다.

—바보들! 왜 날지도 못하냐?

템페스타가 입술을 삐쭉이며 튕겨 나가거나, 균형을 잃고 쓰러지는 사람들을 재빠르게 구제했다. 갖은 불평을 하면서도 제 할 일은 똑 부러지게 해내는 녀석이었다.

두두두두!

그런데 무슨 일일까.

잦아들어야 할 지진이 오히려 거세졌다. 땅의 흔들림이 갈수록 심해져 바율도 바로 서 있기가 힘들 지경이었다.

'셰임? 무슨 일이에요?'

당연히 셰임이 한 일이라 여기고 한 질문인데, 그 순간 바율은 이상함을 감지했다. 셰임은 완전히 탈진한 상태였던 것이다. 그에겐 이렇게 만들 만한 힘이 남아 있지 않았다.

설마 또 산사태라도 나는 건가? 안 돼!

진짜 그렇다면 완전히 엎친 데 덮친 격이었다. 지금 상태에서 이건 너무 가혹하다.

—바율, 이상해!

—뭐지, 이 기운은?

이노센트와 템페스타가 급히 바율에게로 날아왔다. 녀석들이 미간에 잔뜩 힘을 준 채 땅 밑을 노려보았다.

"왜 그래? 뭔데 그래?"

—뜨거워!

"뜨겁다고?"

—곧 용암이 터질 거야! 느껴져!

바율이 있는 곳은 얼음 광산이었다. 실제로 얼음이 있어서가 아니라, 사시사철 차가운 한기가 몰아치는 곳이라서 그리 부르고 있었다. 바율이 알기로 이곳에선 단 한 번도 화산 폭발이 일어난 적이 없었다.

'셰임! 혹시 여기가 화산 지대인가요?'

—그건 그런데…… 뭔가 이상하다…… 이건…….

"으앗!"

셰임의 답을 들을 새도 없었다.

콰아아학!

갈라진 지면 사이로 별안간 시뻘건 물이 솟구쳤다. 차라리 산사태가 나을 뻔했다. 셰임이 일으킨 지진이 분화구를 건드리기라도 한 듯, 갑자기 일대를 용암이 덮쳤다. 이러다 전부 죽을 판이다.

"…어?"

그때 바율의 시야에 이상한 것이 잡혔다. 마치 지금 막 잠에서 깨어난 듯, 용암 속에서 나른한 얼굴로 기지개를 켜는 꼬마 소녀.

바율의 네 번째 계약 정령이자, 훗날 불의 정령왕이 될 스피넬의 등장이었다.

Chapter 9.

불의 정령, 스피넬

1.

—쟤 뭐야! 쟤가 왜 여기서 튀어나와?

—요즘 안 보이더니 이딴 데서 자고 있었던 거야?

이노센트와 템페스타가 분출하는 용암 속에서 기지개에 이어 하품까지 늘어놓는 불의 정령을 어처구니없다는 듯 바라보았다.

—야! 너 미쳤냐?

—우리가 지금 뭐 하고 있는지 안 보여?

지상은 그야말로 아수라장이었다. 기껏 셰임이 있는 힘을 다해 갇혀 있던 인부들을 구출했건만, 용암이 모든 것을 망치고 있었다.

사지가 멀쩡한 사람들은 혼비백산하며 도망치기 급급했고, 운신이 어려운 자들은 어떻게든 피신해 보고자 안간힘을 쓰며 발버둥을 쳤다.

이노센트와 템페스타가 아니었다면 진즉에 사망자가 나오고도 남았을 법한 상황이었다.

—어라? 너희도 있었네?

하품을 마친 불의 정령이 그제야 다른 정령들을 발견하고 방긋 웃었다.

—안녕! 오랜만이야. 잘 지냈어?

—헐, 이 판국에 넌 웃음이 나오냐?

좀 더 여력이 있었다면 바람 따귀라도 갈기고 싶은 심정이었다. 템페스타가 버럭 고함을 내지르자 불의 정령이 '왜 그래?' 하며 고개를 갸웃거렸다.

—그렇게 태평하게 있지 말고 당장 수습하라고! 이 게으른 불가마야!

이노센트의 외침과 함께 불의 정령의 머리 위로 물벼락이 쏟아졌다. 물은 그녀의 머리칼에 닿기도 전에 수증기가 되어 사라졌지만, 불의 정령의 관심을 돌리기에는 충분했다.

—으잉? 어쩌다 이렇게 된 거지?

막 깊은 잠에서 깨어난 터라 상황 파악이 더뎠다. 난리가 난 지상을 내려다보던 불의 정령의 시선이 바율에게로 가 멎었다.

—헤헷, 이제 나도 보이게 된 모양이네.

자신을 향한 바율의 눈빛. 많이 놀란 듯, 별다른 말은 없었지만 원하는 것이 무엇인지는 대번에 알 수 있었다.

—네가 바라는 것이라면 기꺼이.

그녀가 생긋이 미소 지으며 허공에 대고 손을 크게 한 번 휘저었다.

그러자 놀라운 일이 벌어졌다. 부글부글 용솟음치며 사람들을 위협하던 용암이 돌연 방향을 틀어 제자리로 돌아가는 것이 아닌가. 다들 도망치느라 그 이상한 광경을 제대로 보지 못했지만, 바율의 눈엔 분명하게 보였다.

쏴아아아!

하늘에선 계속 비가 내리고 있었다. 그 빗줄기에 이노센트가 힘을 보태자 지면을 태우고 있던 불기운과 거세진 빗발이 마찰을 일으키며 자욱한 안개가 곧 일대를 메웠다.

한 치 앞도 보이지 않을 정도로 시야가 가로막혔다. 당황한 사람들의 아우성이 터지기 직전, 기다렸다는 듯 바람이 휘몰아쳤다.

쑤아앙!

순식간에 안개가 걷히며 드러난 정황은 여전히 어수선했

지만, 위험한 고비를 넘긴 건 확실했다. 더 이상 땅이 흔들리지도, 용암이 솟구치지도 않았다. 퍼붓는 빗물은 외려 열기를 식혀 주고 있었다.

“바율 도련님! 괜찮으십니까?”

다급한 이언의 음성이 들린 것은 그때였다. 그가 바율의 몸을 이리저리 살피더니 안도의 숨을 내쉬었다.

“휴, 온전하시네요.”

바율은 몰랐지만, 지진을 감지한 순간 이언은 바율부터 찾았다. 갱도를 복원하는 작업도 중요한 일이긴 하나, 그에게는 수행 기사로서의 본분을 지키는 것이 그 무엇보다 우선이었다. 그것을 잠시나마 등한시 여기었으니 후에 면책을 당해도 할 말이 없다.

“일단은 자리를 피하시는 게 좋을 듯합니다.”

장내를 훑어보는 이언의 안색이 딱딱했다. 잠깐 사이에 벌어진 일이라고 하기에는 도무지 믿기지 않는 현장이었다. 지진은 그렇다 치더라도 용암의 흔적이 너무나 또렷하다.

아무리 북부가 춥기로서니, 용암이 이토록 빨리 굳을 정도의 날씨이던가? 겨울이 오려면 아직 한참이나 남았거늘 참으로 기이한 자연 현상이었다.

“언제 또 지진이 일어날지 모릅니다. 빨리…….”

“이언 경.”

이언의 말을 자르며 바율이 전방을 가리켰다.

"저보다는 저들부터 먼저 챙겨 주세요. 저는 괜찮습니다."

"그건 안 됩니다. 도련님께서 안전한 지대로 대피하신 후에……."

"아니요, 저도 도울 겁니다. 지금은 대피가 아니라 한 손이라도 더 거들어야 할 때예요. 데스와 바르, 아몬도 도와줄 거죠?"

"물론입니다."

어느새 데스 형제들도 다가와 있었다. 바율의 청에 아몬이 정중히 대답하며 앞장서 움직이기 시작했다.

"여기요! 여기 생존자가 있습니다!"

대피소로 피신했던 광부들이 지진이 멈춘 것을 느끼고 하나둘 밖으로 나오고 있었다. 바율이 그들을 향해 양팔을 흔들어 신호하자 다들 손에 든 것을 내팽개치고 부리나케 달려왔다.

"헉! 뭐, 뭐지?"

"이, 이게 무슨……!"

그들의 반응은 하나같이 똑같았다. 지진이 난 줄은 알았지만, 지반이 이토록 통째로 들렸을 거란 생각은 하지 못했던 탓이다. 뒤늦게 산처럼 올라선 땅덩이를 발견하고 저마다 경악을 감추지 못했다.

"알렉!"

"퍼거슨!"

개중 가장 놀라운 건 매몰된 인부들이 눈앞에 나타난 것이었다. 죽었을지도 모른다 생각했던 동료들의 멀끔한 모습에 어떤 자는 신에게 기도를 올렸고, 어떤 자는 눈물을 흘리며 기뻐했다. 이건 기적과도 같은 일이었다.

"도련님! 도련님께선 괜찮으신 겁니까?"

광산의 책임자는 역시나 바율의 안위부터 챙겼다. 사고에 이어 지진까지 터지고, 만약 그 와중에 바율까지 상해를 입는다면 정말로 돌이킬 수 없는 상황이 될 터였다.

마가 낀 것이 분명하다. 데릭 도련님과 엮인 순간부터 그의 인생이 꼬이기 시작했다.

"저들을 얼른 실내로 옮기세요. 신전에서 곧 사제님이 도착하실 겁니다."

"하오나 도련님부터 먼저……."

"지반이 올라오면서 갇혀 있던 인부들이 운 좋게 탈출했습니다. 하지만 그만큼 부상이 클 수도 있어요. 서둘러 주셨으면 합니다."

바율의 말투는 정중했으나 한편으론 단호했다. 책임자가 잠시 쭈뼛거리는가 싶더니 꾸벅 절을 하고 생존자들에게로 뛰어갔다.

"이언 경, 계속 그렇게 서 계실 거예요?"

바율도 가만히 있을 수만은 없었다. 그가 발을 떼며 묻자 이언이 어쩔 수 없다는 듯 수습에 동참했다.

'셰임, 혹시 아직 땅속에 갇힌 사람이 남아 있나요?'

사람들과 함께 부상자를 나르며 바율이 셰임에게 물었다. 그가 탈진으로 인해 버거운 상태라는 건 알고 있었지만, 누군가의 목숨이 걸린 만큼 무리해서라도 확인이 필요했다.

—…없다. 안심해도…… 좋다…….

셰임의 목소리가 평소보다 훨씬 탁했다. 갈라지는 음색이, 아무래도 기운을 차리려면 꽤 많은 시간이 걸릴 것 같았다.

'고생 많았어요. 고맙습니다.'

바율은 영지민을 대신해서 셰임에게 감사한 마음을 전했다. 짧은 몇 마디지만, 셰임이라면 그의 진심을 알 것이다. 그가 곁에 있어 주어서 너무나 다행이었다.

"바르, 저분들에게 약초 좀 가져다주시겠어요?"

지하에 매몰되었던 오십여 명의 인부 중 거동이 불편할 정도로 심각한 부상을 입은 이들은 십여 명 정도였다. 그중 둘은 안타깝게도 목숨이 위급한 상태였다.

"최대한 버텨 주십시오. 꼭 사셔야 합니다."

바율이 그들에게 해 줄 수 있는 거라고는 미리 가져온 약초로 출혈을 막고 고통을 덜어 주는 정도가 다였다. 척박한 광산 마을인지라 신전은 없었지만, 병자들을 위한 치료사는 있었다. 혹시 모를 사고를 대비하여 상주하는 이들이었다.

"도련님은 이쪽으로 모시겠습니다."

바율이 할 수 있는 건 거의 다 했다. 이제는 사제를 기다리는 일만이 남았다. 그사이 이미 해가 져서 밤하늘이 컴컴하다. 바율은 녹초가 된 몸을 이끌고 조용히 처소로 향했다.

"영주님께서 오시면 지내시던 방입니다."

규모가 그리 크지는 않았지만 아늑한 곳이었다. 벽난로에서 불이 타닥타닥 타오르고, 탁자엔 일 인분의 저녁 식사가 차려져 있었다.

"혼자 좀 있고 싶군요."

"혹 어디가 편찮으십니까?"

바율이 약골이란 소문을 그 역시 들어 알고 있었다. 광산의 책임자가 눈알을 굴리며 바율의 눈치를 살폈다.

"그저 쉬고 싶을 뿐입니다. 괜찮으니 나가 보세요."

"노곤하시면 치료사를 들이겠습니다. 그도 아니면 안마사라도 불러 드릴까요?"

"제가 어디 아픈 걸로 보이십니까?"

"…예?"

"혼자서 쉬고 싶을 뿐이라고 이미 말씀드렸는데요."

바율이 잠시 숨을 고르다가 이어 물었다.

"그러고 보니 경황이 없어 묻지 못했습니다. 성함이 어떻게 되시나요?"

"아, 저는 벨고프스키라고 합니다. 편하게 벨이라고 불러 주십시오!"

"벨고프스키 씨."

"…예, 도련님."

"오늘은 고단하니 보고는 내일 아침에 듣기로 하겠습니다."

"…보고요?"

사내의 얼굴이 순간 무슨 말인지 모르겠다는 듯 멍청해졌다.

"갱도가 무너진 연유가 무엇인지 제가 알아야 하지 않겠습니까?"

"아, 그 점이라면……."

"어째서 새벽 4시에 광부들이 잠도 안 자고 일을 하고 있었는지, 그것도 설명하셔야 할 겁니다."

"……!"

얼음 광산은 여태 한 번도 사고가 난 적이 없는 곳이었다. 광산이 원래 위험도가 높은 장소라는 걸 감안하면, 아버지께서 그만큼 각별히 신경을 쓰셨다는 뜻이다.

처음 소식을 접했을 땐 왜 하필 아버지가 안 계신 지금에 사고가 났을까 초조한 마음에 걱정을 했다면, 사건이 어느 정도 정리된 지금은 의문이 들었다.

왜 그들은 새벽 4시에 일을 하고 있었을까?

그 시간은 성내의 하인들조차 잠이 든 시각이었다.

자신을 보고 유난히 불안해하던 책임자의 얼굴이 선하다. 지금은 급한 용무가 있어 잠시 미룰 뿐, 휴식을 취한 후에 내일이 되면 진실을 파헤칠 생각이었다.

"그럼 이만 가 주시겠어요?"

"…예에, 도련님. 쉬십시오……."

"이언 경도 가서 식사하셔야죠. 데스 형제들 챙겨 주시는 거 잊지 마시고요."

"알겠습니다. 식사 후에 찾아뵙겠습니다."

이언까지 나가고 드디어 바율 혼자 남았다. 아까부터 이 시간이 오기를 얼마나 바랐던가.

바율은 몸을 돌려 장작이 타고 있는 벽난로를 지그시 응시했다. 그러길 잠시 후, 그곳으로부터 불이 걸어 나왔다. 정확히는 불꽃처럼 타오르는 정령이. 용암 속에서 튀어나와 기지개를 켜던 꼬마 소녀가 바율을 향해 씩 웃으며 서서히 다가왔다.

붉은 눈, 붉은 머리칼, 불그스름한 피부.

모든 게 붉은 아이였다.

인간의 모습이지만 그 자체로 불이었다. 전체적으로 붕 떠 있는 듯한 단발 길이 정도의 산발 머리가 마치 불꽃처럼 작열하고 있다. 눈동자 역시 그러했다. 그녀의 온몸이 화염처럼 활활 타오르고 있었다.

특이한 건 다른 정령들과 달리 양쪽 귀에 붉은색 보석이 박힌, 길쭉한 모양의 귀걸이를 차고 있다는 점이었다. 정령이 액세서리를 한 모습은 처음 보았다.

—안녕?

불의 정령이 해맑게 웃으며 인사했다.

"…안녕."

정령을 셋이나 만났지만, 여전히 첫 만남은 어색하다. 바율이 머뭇거리며 맞인사를 하자 그녀가 헤헤거리며 웃었다.

—나 여기 있는 거 어떻게 알았어? 혹시 이제 날 느낄 수 있는 거야?

그녀의 말대로 그럴 수만 있다면 얼마나 좋겠는가. 다만 바율은 그저 아까부터 녀석이 졸졸 따라다녔기 때문에 알았을 뿐이다. 시선이 느껴져서 돌아보면 그때마다 웃는 녀석의 얼굴이 보였다.

—만나서 반가워! 네가 날 볼 수 있다니 정말 기뻐!

정령들의 성격이 하도 제각각이라 내심 걱정을 했었는데, 괜한 우려였던 것 같다. 말끝마다 입꼬리가 올라가며 웃는 모습이 적응이 되지 않을 정도였다.

—한 번만 안아 봐도 돼?

"…뭐?"

—내가 얼마나 이 순간을 기다렸다고!

불의 정령이 갑자기 두 팔을 벌리며 가까이 다가왔다. 그녀에게서 전해지는 뜨거운 열기에 바율은 본능적으로 뒤로 한 발짝 물러섰다.

—내가 싫어?

바율의 행동을 오해한 듯 불의 정령이 멈칫했다. 방긋방긋하던 얼굴이 한순간에 시무룩하게 변하자 바율은 순간 자신이 엄청난 나쁜 짓을 저지른 듯한 기분이었다.

—다른 애들은 말도 잘 듣고 보기도 잘만 봤으면서, 왜 나는 보지도 못하고 말도 못 들은 거야? 그래서 내가 얼마나 속상했는지 알아?

"…말을 못 들었다고?"

—그래! 내가 말 시키는 건 하나도 대답 안 했잖아!

녀석의 붉은 눈에 순식간에 눈물이 그렁그렁하게 맺혔다. 붉은 빛깔의 눈물이 신기한 와중에도 바율은 그것을 감상할 여유가 없었다. 지금은 사과가 먼저였다.

"미, 미안해. 기억은 안 나지만…… 아마 듣지 못해서 그랬을 거야. 일부러 그런 건 절대 아니야."

어린 시절 바율이 아무도 없는 허공에 대고 대화를 하는 바람에 모든 오해가 생긴 것이었다. 환청에 시달렸던 기억은 얼핏 나지만, 그렇다고 해서 그것이 정확히 누구와 어떤 대화를 나누었는지까지 떠오르는 건 아니었다.

—진짜?

"그럼! 난 거짓말하지 않아. 그렇지, 이노센트?"

바율은 얼떨결에 이노센트에게 도움을 청했다. 불의 정령의 맑고 순수한 눈을 마주하고 있으니 뭐든 해야 할 것 같았다.

—맞아, 바율은 거짓말 안 해.

불의 정령과 제법 거리를 두고 떨어져 있던 이노센트가 고개를 끄덕이며 말했다.

—그건 나도 인정.

고맙게도 템페스타까지 나서 주었다. 그에 바율이 한숨을 돌리려는데 불의 정령이 한 걸음 더 다가왔다.

—이제 그럼 나 안아 줄 거야?

"…어?"

최대한의 인내심을 발휘하여 발이 움직이려는 것을 막았다. 여기서 또 물러났다가는 엉엉 소리 내어 울지도 모른다. 상처를 주는 것만큼은 절대적으로 피해야 했다.

—꿈만 같아. 이렇게 너와 얘기하는 거.

"꿈……?"

—항상 바랐어. 걔들이 얼마나 부러웠는지 몰라.

이노센트와 템페스타를 향한 불의 정령의 눈빛은 진심이었다.

—너와 놀 때 다들 정말로 행복해 보였거든. 나만 소외된 것 같아서 너무 슬펐어.

꼭 녀석의 눈빛이 아니더라도 바율은 느낄 수 있었다. 말만 그러할 뿐 자신을 전혀 원망하고 있지 않았다. 외려 무척이나 따듯하고 상냥한 마음을 품고 있다. 슬프고 속상하면서도 자신을 탓하지 않고, 오래도록 그렇게 곁을 지켜왔던 모양이다.

그걸 깨닫자 안아 주지 않을 수가 없었다. 바율의 두 팔이 저절로 불의 정령에게로 뻗어 나갔다.

—헤에, 좋다!

그녀의 입가에 다시금 미소가 피었다. 녀석이 조막만 한 손으로 바율의 허리를 꽉 감쌌다.

"…나도 반가워."

불의 정령을 껴안자 어색함이 싹 사라졌다. 뜨거운 기운은 분명 그대로인데, 이상할 정도로 몸과 마음이 편안해졌다.

머리로는 기억하지 못하지만, 몸이 기억하는 것일까?

어린아이의 모습을 하고 있음에도 불구하고 바율은 불의 정령에게서 어떤 기이한 안정감을 받았다.

—왜 저렇게 붙어 있어?

—내 말이 그 말이야. 바율, 안 더워?

—밥 먹어야지. 배 안 고파?

—얼른 이쪽으로 와서 좀 앉지?

그런 둘의 모습이 별로였을까. 이노센트와 템페스타가 나란히 팔짱을 낀 채 그들을 노려보며 중얼거렸다. 녀석들의 의견이 일치하기란 하늘의 별 따기만큼이나 어려운 일이라고 생각했거늘, 꼭 그렇지만은 않다는 걸 증명하고 있었다.

—우리 말 안 들려?

—되게 보기 불편하거든?

연이은 두 녀석의 성화에 결국 바율은 불의 정령과 떨어질 수밖에 없었다.

—바율.

서운함이 싹 가신 음성으로 불의 정령이 바율에게 물었다.

—내 이름은 뭐야?

"이름?"

—응, 쟤들처럼 나도 지어 줄 거지?

"당연히 그래야지."

—와아!

바율의 대답에 불의 정령이 기대에 달뜬 표정으로 바율을 올려다봤다. 두 손을 가지런히 모은 채 자신을 주시하는 모습이 어찌나 귀엽고 예쁜지 혼자 보기 아까울 정도였다.

'친구들이 보면 놀라겠어.'

외모 때문이 아니었다. 귀엽고 예쁘기로 따지면 이노센트와 템페스타도 빠지지 않는다. 다만 바율이 그리 생각한 건 녀석의 성격 때문이었다.

마지막으로 나타난 불의 정령이 이처럼 사교성이 좋을 거라고는 바율은 물론 친구들 중 누구도 예상하지 못했다.

—바율, 그냥 대충 지어.

—이름 따위에 그렇게 고민할 필요가 있나?

두 정령은 바율의 관심이 온통 불의 정령에게 쏠린 것이 영 거슬렸다. 태연한 척하고 있지만, 불의 정령에게 자신들보다 더 예쁜 이름을 지어 줄까 봐 걱정이었다.

"흐음, 어떤 이름이 좋을까?"

이곳에서 불의 정령을 만나게 될 거라고는 전혀 생각조차 못 했기에 막상 떠오르는 단어가 없었다. 불과 관련된 것 위주로 연상을 해 봤지만, 이름으로 불릴 만한 것들이 없었다.

'저 귀걸이…….'

그러던 바율의 눈에 불의 정령이 차고 있는 귀걸이가 들어왔다.

"그러고 보니 그 귀걸이 말이야. 색이 참 예쁜 것 같은데, 보석 이름이 뭐야?"

—이거?

"응, 루비인가?"

사실 바율이 아는 붉은색 보석이라곤 루비가 전부였다.

—몰라, 나도.

"모른다고?"

끄덕끄덕.

불의 정령이 천진한 얼굴로 고개만 까닥였다.

'이상하네.'

다른 녀석들은 하지도 않은 액세서리를 하고 있는 것도 특이하거늘, 보석의 이름조차 모른다니. 어쩐지 의문스럽다.

'내가 과민한 건가?'

묘하게 처음 본 순간부터 귀걸이가 신경 쓰였다. 유달리 반짝반짝하는 게 자꾸 시선이 간다고 할까?

왜 그런지는 바율도 잘 모르겠다. 그냥 느낌이 그러했다.

—스피넬…….

"셰임?"

지금쯤 땅속 어딘가에서 쉬고 있을 줄 알았던 셰임이 예고도 없이 불쑥 바율 앞으로 튀어나왔다.

"아직 몸이 성하지 않을 텐데, 왜 나왔어요? 회복하려면 많은 시간이 걸릴 텐데……."

실제로 얼굴을 마주한 셰임의 모습은 확실히 쇠약해 보였다. 백발에 흰 수염은 여전했지만, 피부색이 전보다 훨씬 거무죽죽해졌다. 주름도 늘어난 것 같았고, 눈빛에도 생기가 부족하다. 괜한 미안함이 바율을 또 사로잡는다.

—저 보석…….

셰임이 손을 들어 불의 정령의 귀를 지목했다.

—저 보석의 이름이…… 스피넬이다.

"아, 그렇군요."

바율은 그제야 셰임이 나타난 이유를 알아챘다. 바율에게 약초 명을 가르쳐 주었듯, 보석의 이름도 알려 주고 싶었던 것이다.

보석은 포괄적으로 광물이자 돌에 속한다. 셰임은 나무

와 바위, 풀 등 대지를 아우르는 땅의 정령이었다. 그가 보석의 이름을 아는 것은 어찌 보면 너무나 당연했다.

—불꽃이란 의미를…… 가졌다.

"불꽃……?"

불의 정령을 처음 본 순간 떠올랐던 것이 불꽃이었다. 한데 스피넬의 의미가 불꽃이라니, 이보다 더 어울리는 이름을 찾을 순 없을 듯하다.

"스피넬."

바율은 불의 정령을 내려다보며 낮은 어조로 속삭였다.

"앞으로 네 이름은 스피넬이야. 난 마음에 드는데 넌 어때?"

—스피넬……?

불의 정령이 천천히 이름을 읊조렸다. 그러던 녀석의 얼굴에 이전과는 비교할 수 없는 환한 미소가 크게 더해졌다.

—좋아! 완전 좋아! 너무 좋아!

불의 정령, 아니 스피넬이 만세를 하며 환호했다.

화락!

그러자 녀석의 작은 몸이 기름이라도 끼얹은 듯 한순간 큰 불꽃을 터뜨렸다. 바율은 저도 모르게 움찔했으나, 약간의 뜨거움만 느꼈을 뿐 화상을 입거나 하는 상황은 벌어지지 않았다.

—왜 저렇게 좋아하지? 우리 이름보다 완전 별론데.

—너도 그렇게 생각했냐?

—당연하지. 따져 봐 봐. 우리 이름이 더 길잖아. 이게 비교가 된다고 생각하니?

—오호, 그것도 그렇네. 훗, 바율도 참.

바율이 들었다면 그게 아니라며 정정해 주었을 테지만, 다행인지 불행인지 지금은 스피넬에게 온 정신이 가 있는 상태였다. 두 녀석이 우쭐해서는 딱하다는 듯 스피넬을 쳐다봤다.

—근데 이노센트, 그러면 셰임은 뭐냐?

—셰임이 왜?

—셰임은 스피넬보다 이름이 더 짧잖아. 완전 실망하겠는데?

두 녀석의 논리대로라면 그래야 했다. 셰임이 후에 어떤 반응을 보일지는 모르나, 현재 그는 회복을 위해 다시금 깊은 땅속으로 내려가는 중이었다.

—앞으로 셰임에게 좀 잘해 줘야겠어.

—나도.

이상한(?) 결론을 맺는 두 정령이었다.

2.

똑똑.

“바율 도련님, 후안 사제님께서 도착하셨습니다.”

바율이 스피넬과 이런저런 이야기를 나누며 식사를 막 끝낸 무렵이었다. 익숙한 아몬의 목소리가 밖에서 들려왔다.

시계를 보니 이곳에 도착한 지 다섯 시간이 조금 넘었다. 예상보다 이른 시각인 걸 보니 무리해서 달려오신 게 분명하다.

“그러다 탈이라도 나시면 어쩌려고…….”

바율은 황급히 채비를 갖추고 사제를 맞으러 나갔다. 하나 바율을 기다리고 있는 건 이언과 데스 형제뿐이었다.

“급한 환자가 있다는 말을 들으시곤 나가셨습니다. 도련님께는 먼저 병상으로 가신다고 전하라 하셨습니다.”

여느 귀족이라면 인사도 없이 갔다고 화를 내었겠지만, 바율은 그것이 당연하다 여겼다. 위중한 병자가 둘이나 있었다. 한시라도 빨리 가서 병자를 돌보는 것이 옳은 일이다.

“우리도 어서 가 봐요.”

눈앞에서 병자가 낫는 모습을 보고 싶었다. 그래야 작금의 불안한 마음이 조금 놓일 것이다. 병자들의 처소로 향하는 바율의 걸음이 빨라졌다.

"이랴! 이랴!"

그때 길목 어귀에서 성난 말발굽 소리와 함께 마차 한 대가 달려와 그들 앞에 멈춰 섰다. 그리고 찰칵, 문이 열리며 건장한 사내가 훌쩍 뛰어내렸다.

"…데릭 형?"

상대는 바율도 익히 아는 인물이었다. 란데르트 공작에게는 조카이자, 바율에게는 사촌이 되는 작은아버지의 아들이었다.

"설마…… 바율이냐?"

바율이 있을 거라고는 상상조차 못 한 듯 데릭의 얼굴이 일그러졌다. 오랜만에 만난 사촌 동생이 반가울 법도 할 텐데, 왠지 내키지 않는 기색이었다.

"데, 데릭 도련님 오셨습니까!"

마침 광산의 책임자인 벨고프스키가 헐레벌떡 달려 나왔다.

'응?'

그런데 바율의 착각인가.

그의 동공이 지진이라도 난 듯 흔들렸다. 초조한 눈빛으로 바율과 데릭을 번갈아 살피는 모양새가 대단히 큰 잘못을 저지른 사람 같았다.

'뭔가 있구나.'

그 순간 바율이 할 수 있는 생각은 그것밖에 없었다.

3.

"이게 얼마 만이지? 1, 2년 정도 되었나?"

바율과 데릭이 오랜만에 마주했다. 우비를 벗어 두고 젖은 머리칼을 털어 내는 데릭 형은 이전과 거의 달라진 바가 없었다. 훤칠한 키도 여전했고, 작은아버지를 닮은 선한 인상도 그대로였다.

"2년이 맞을 겁니다. 바일 형이 죽고 나서 못 봤으니까요."

"……!"

바율의 직접적인 표현에 데릭이 티가 날 정도로 흠칫 몸을 떨었다. 바일의 이름을 거론하는 것 자체가 금기임을 잘 아는 탓이다.

"…캐링스턴 아카데미에 입학했다는 얘기는 들었다. 여기 있는 걸 보니 방학인 모양이지?"

어색할 땐 화제를 돌리는 것만큼 좋은 방법은 없다. 데릭이 미소를 지으려 애쓰며 바율의 근황을 물었다.

"네, 형은 잘 지내셨어요?"

"나야 뭐, 아버지 일을 돕느라 늘 정신이 없지."

해밀턴은 척박한 땅이 대부분이긴 하지만, 땅덩이가 워낙 넓은 탓에 관리할 곳이 한두 군데가 아니었다. 올해 스물네 살이 된 데릭은 란데르트 가문의 일원으로서 아버지인 리암을 도와 여러 일을 해내고 있었다.

"어때, 넌 아카데미에 다닐 만은 하고?"

"그럼요. 즐겁게 공부하고 있습니다."

"얼굴색이 좋아 보이는 게 그런 것 같긴 하구나."

"밀리카 누나랑 릴리스 누나는 잘 있겠죠?"

밀리카는 데릭의 누나로 이미 시집을 갔고, 막내인 릴리스는 한창 신부 수업 중이라고 들었다.

"다들 보고 싶어요. 얼굴 본 지가 꽤 되었잖아요. 아버지와 작은아버지께서 황궁에서 돌아오시면 다 같이 식사하기로 말씀 나누셨습니다."

"…우리까지 말이냐?"

"네, 예전처럼 편히 놀러 와 주세요."

더 이상 바일로 인한 걱정은 하지 않아도 됩니다. 아버지와 전 달라지기로 했거든요. 언제든 편하게 방문해 주세요.

데릭을 웃으며 바라보는 바율의 말에는 많은 것들이 함축되어 있었다.

"밀리카 누나야 보기 힘들어도, 데릭 형과 릴리스 누나는 맘만 먹으면 자주 볼 수 있잖아요. 마침 방학 중이기도 하니까 당분간은 시간이 넉넉합니다."

바율을 향한 데릭의 눈빛이 묘하게 바뀌었다. 이 년이라는 세월 동안 얼굴 한 번 보지 못했지만, 소식까지 듣지 못한 건 아니었다. 쌍둥이 형이었던 바일의 죽음으로 충격을 받고 성에 틀어박혀 두문불출하다가 안 그래도 약한 몸뚱이가 더 말썽이 되었다고 들었거늘, 소문과는 영 딴판이었다.

뭔지 모르게 풍기는 분위기가 당당하다고 해야 할까?

목소리와 눈빛에서 자신감이 느껴졌다.

본래 약한 모습을 많이 봤던 터라 적응하기가 쉽지 않았다.

"그나저나 여긴 어쩐 일이야? 비도 많이 오는데, 몸은 괜찮고?"

"아직 듣지 못하신 모양입니다."

"…듣지 못하다니? 뭘?"

"병이 완전히 다 나았거든요. 그간 염려 많으셨죠? 이제는 다 괜찮아졌습니다."

"…그랬니? 전혀 몰랐구나. 금시초문이라서……."

"작은아버지께서 워낙에 바쁘시니 깜박하셨나 봅니다. 아니면 아버지께서 아직 말씀을 하지 않으셨을 수도 있고요. 나은지 얼마 안 되었거든요."

"그랬구나. 어쨌든 축하한다. 병이 다 나았다니 근래 들은 말 중에서 가장 기쁘구나. 사실 그간 말을 안 해서 그렇지, 네 걱정 진짜 많이 했었거든."

"그러셨습니까?"

"나뿐 아니라, 어머니와 밀리카 누나와 릴리스도 마음이 크게 쓰였다. 바일이 그렇게 떠나고…… 큰아버지께 남은 자식은 너 하나이니 걱정을 안 할 수가 없었지."

바율이 먼저 바일의 얘기를 꺼냈으니 데릭 역시 말을 꺼내도 괜찮을 거라 여겼다. 하지만 오랜 시간 금기로 여겼던 탓인지 저절로 눈치를 살피게 되는 건 어쩔 수가 없었다.

"걱정 끼쳐 드려 죄송했습니다. 그리고 그렇게 말씀해주셔서 감사합니다."

"감사는 무슨. 이렇게 건강해졌으니 그걸로 되었다. 앞으로도 쭉 이런 모습만 보면 좋겠구나."

"노력해 보겠습니다."

바율은 잠시 웃고는 말을 이었다.

"그런데 데릭 형께선 어쩐 일이십니까? 혹시 광산이 무너졌다는 걸 알고 오신 건가요?"

"물론이지. 뒤늦게 연락을 받고 어찌나 깜짝 놀랐는지 부리나케 달려오는 길이다."

바율의 성과 그가 사는 저택은 제법 거리가 있었다. 사실

위치로 따지자면 광산에 도착하는 건 데릭이 먼저였어야 했다. 게다가 소식을 듣자마자 왔다는 사람 치고 머리 모양이며 행색이 상당히 단정해 보인다. 마차를 타고 온 점도 의아했다.

"나보다 먼저 와서 수습을 해 준 건 너무나 고맙다. 한데 어쩐 일로 네가 직접 여기까지 왔는지…… 궁금하긴 하구나."

"광산이 무너지면서 인부들이 대거 갱도에 갇혔다는 얘기를 전해 들었습니다. 당연히 그들을 도와야 한다고 생각했고요."

"그래, 네 입장에선 충분히 그럴 수 있지."

"…혹 제가 못 올 데를 온 것입니까?"

어딘지 불편해 보이는 데릭의 얼굴이 꼭 그리 말하는 것 같아서 바율의 고개가 기울어졌다.

"그런 뜻이 아니다. 굳이 네가 이런 험한 곳까지 올 필요는 없었다는 말을 하는 것이지. 곱게 자란 너와 어울리는 곳은 아니니까. 잘못하다 다치기라도 하면 큰아버지께서 얼마나 속상하시겠니?"

"아카데미에서 기숙사 생활도 하는 중이고, 얼마 전에는 노숙도 했습니다. 그런 걱정이라면 전혀 안 하셔도 됩니다."

"얼음 광산에서 벌어지는 일은 전부가 내 책임인데, 당연히 걱정을 할 수밖에. 네가 잘못되면 나 역시 큰아버지를 뵐 면목이 없어진다."

"…데릭 형님의 책임이라고요?"

바율은 처음 듣는 얘기였다. 얼음 광산은 아주 예전부터 쭉 아버지께서 직접 관리하는 걸로 알고 있었기 때문이다.

데릭 형에게 언제 그런 권한이 넘어갔단 말인가?

"너도 알다시피 어른들께서 황도에 가고 안 계시다. 하니 응당 내 책임이 아니겠느냐?"

"혹 아버지께서 형님께 따로 일을 맡기신 겁니까?"

"그런 것은 아니지만, 부재중이실 땐 내가 늘 대신 일 처리를 해 왔다."

"아, 그러셨군요. 어쨌든 직접적인 언급은 없으셨다는 거죠?"

"꼭 따지자면 그렇긴 하지."

"이번에 아버지께서 황도로 떠나시면서 제게 영지를 당부하셨습니다. 그러니 이번만큼은 아들인 제가 해결하도록 할게요."

"…네가 알아서 하겠다는 뜻이냐?"

"네, 그간 형님이 고생하셨으니 제게 맡기시고 좀 쉬시는 것이 어떨까요? 방학 때만이라도 돕고 싶습니다."

바율의 말은 진심이었다. 성인인 데릭은 이미 얼음 광산 말고도 할 일이 많을 터이니, 이왕 온 것 여기는 자신이 끝까지 책임져 보고 싶었다.

"…네 마음은 잘 알겠다만, 그럴 것 없다. 방학이니 실컷 놀려무나. 아카데미로 돌아가면 공부에 시달릴 텐데, 해밀턴에서라도 마음 편히 있어야지."

"아닙니다. 아버지가 시키신 일인데 따라야지요. 데릭 형이야말로 휴가라고 생각하세요. 제가 기꺼이 거들겠습니다."

데릭의 표정이 굳는 것도 모른 채 바율은 말이 나온 김에 묻기로 했다.

"한데 한 가지 궁금한 것이 있습니다. 인부들이 왜 새벽 4시에 작업을 하고 있었을까요? 데릭 형도 알고 계셨습니까?"

"…새벽 4시?"

"네, 그쯤 갱도가 무너졌다고 합니다. 새벽 4시는 모두가 잠든 시각이 아닙니까? 무슨 연유로 그 시간에 인부들을 작업하게 한 건지 이해가 좀 안 가서요. 이게 일반적인 경우는 아닌 거죠?"

"데릭 도련님, 바율 도련님. 차를 가져왔습니다."

바율의 질문에 데릭이 차마 답을 하지 못할 때 구원자가 나타났다. 광산의 책임자인 벨고프스키의 음성이었다.

"마침 잘 오셨네요."

그의 출현을 반기는 바율과 달리, 데릭의 얼굴이 딱딱하게 변했다. 벨고프스키를 뚫어지게 바라보는 시선은 뭔가를 종용하는 것 같기도 했다.

"어째서 인부들이 새벽 4시에 작업을 하고 있었는지 알아보려던 참입니다. 벨고프스키 씨께서 직접 말씀해 주시겠어요?"

원래는 내일 아침에 물어보려 했지만, 이왕 이렇게 된 거 지금 확인하는 게 나을 듯했다.

"저, 저는……."

그런데 그의 반응이 아까와 비슷하다. 이렇다 할 답변을 내놓지 못한 채 사내는 데릭의 눈치만 살폈다.

'뭐지? 진짜로 뭔가 있는 건가?'

그의 태도는 마치 사실대로 고해도 괜찮으냐고 데릭에게 허락을 구하는 것으로 보였다. 의구심이 들지 않을 수가 없었다.

"제가 어려운 질문을 하였습니까?"

"아, 아니요! 아닙니다! 전혀 그런 건 아닙니다!"

과할 정도로 강한 부정을 하고 있다. 그에 바율의 눈빛이 가늘어지자 겁을 집어먹은 듯 책임자의 얼굴이 벌겋게 달아올랐다.

"벨, 자네 괜찮은 건가?"

데릭이 그제야 염려 섞인 목소리로 물었다.

"이런! 사고를 수습하느라 진을 많이 뺀 모양이군. 바율, 자세한 건 내일 묻기로 하고 지금은 그냥 쉬게 해 주는 게 좋을 듯한데."

분명 걱정을 담은 말인데, 그 순간 이상하게도 바율은 데릭이 자신에게 방어막을 치는 듯한 인상을 받았다.

대체 무슨 일이지?

왜 자꾸 이런 기분이 드는 걸까?

조금 전 밖에서 처음 데릭을 마주쳤을 때, 유달리 불안해하던 벨고프스키의 모습이 다시금 떠올랐다. 뭔가 불길했다.

—힝, 바율 기분 안 좋아?

바율의 미간에 주름이 잡힌 것이 불쾌했는지, 벽난로 안에서 쉬고 있던 스피넬이 대뜸 날아와 데릭과 벨고프스키를 노려보았다.

—왜 바율을 속상하게 만드는 거야!

바율이 말릴 새도 없었다. 갑자기 촛불의 불꽃이 허공에 둥둥 떠올라 둘을 공격했다.

"뭐, 뭐야!"

"으아아!"

데릭이 깜짝 놀라며 벌떡 일어섰고, 벨고프스키가 비명을 지르며 손을 마구 휘저었다.

'스피넬, 무슨 짓이야!'

바율은 당황해서 어찌할 바를 몰랐다. 착하고 상냥한 줄만 알았던 스피넬이 이렇게 돌변할 줄은 몰랐기 때문이다.

—얘들이 바율을 힘들게 했잖아! 그래서 내가 혼내 주려고!

'아니야, 그러지 마!'

바율은 즉각 제지에 나섰다. 공격이라고 해 봤자 작은 불꽃 몇 개가 그들 주변을 맴도는 것이 다였지만, 겁을 주기 위해서였다면 이미 충분했다. 물리적인 피해는 없어도 정신적인 충격은 상당해 보였다.

"바, 반딧불이 이런 데 다 있네요! 희한해라!"

바율의 청에 불꽃은 금세 사라졌다. 천하의 원수라도 보듯 여전히 둘을 노려보고 있었지만, 스피넬은 더 이상 아무 짓도 하지 않았다.

"…반딧불이라고?"

데릭은 분명 보았다. 촛불에서 불꽃만 떼어져 나와 금방이라도 덤벼들 것처럼 자신의 주위를 뱅뱅 돌았다. 너무 놀란 나머지 남몰래 오줌마저 지릴 뻔했다.

"반딧불이 아니면 뭐겠어요? 설마 불꽃에 날개가 달려서

막 날아다녔겠나요?"

"…그건 불가능하긴 하지만……."

"벨고프스키 씨, 괜찮으면 그만 나가 보셔도 좋습니다. 데릭 형의 말처럼 오늘은 쉬시는 게 낫겠어요."

안 그래도 칙칙하던 사내의 안색이 더욱 거무튀튀해졌다. 그가 바율의 명에 이때다 싶었는지 반색하며 서둘러 자리를 벗어났다.

"제가 좀 성급했습니다. 저분도 피곤하실 텐데 미처 헤아리지 못했네요. 보고는 내일 아침에 들어야겠습니다."

"…잘 판단하였다."

"아버지께서 계실 땐 단 한 번도 이런 사고가 난 적이 없다고 알고 있습니다. 뭔가 이유가 있을 거예요."

"그런가……?"

"네, 원인을 꼭 찾아볼 생각입니다. 그나저나 식사는 하셨습니까?"

"그럴 정신이 있었겠니. 광산이 무너졌다기에 앞뒤 안 보고 그냥 달려왔지."

"그럼 먼저 허기부터 달래시는 게 좋겠습니다. 더 늦기 전에 드시고 주무셔야죠."

"그래, 알았다. 난 그만 가 볼게. 이곳에 올 때면 항상 머무는 곳이 따로 있거든."

“네, 그러십시오.”

“반가웠다, 바율.”

“저도 반가웠습니다, 데릭 형님.”

“앞으론 자주 보도록 노력하자. 잘 자고, 내일 아침에 늦지 않게 나와라.”

데릭이 한결 편안해진 음성으로 바율에게 인사하고는 자신의 처소로 향했다. 그런 그를 템페스타가 조용히 뒤따랐다.

Chapter 10.
누, 누구?

1.

데릭은 초조하게 방 안을 서성거렸다. 한쪽에 위치한 테이블에 그를 위한 식사가 차려져 있었지만, 손도 대지 않았다. 식욕이 전혀 돌지 않았다.

"갑자기 여긴 왜 나타나서는……!"

광산에서 사고가 난 것도 짜증 나는 마당에 바율의 등장이라니, 이게 웬 말인가. 녀석이 이곳에 있을 거라고는 꿈에도 예상하지 못한 데릭이었다.

"뭐? 직접 해결을 하겠다고?"

혼잣말을 내뱉는 데릭의 얼굴이 구겨졌다.

"지가 언제부터 집안일에 나섰다고 감히 내 앞에서 권리를 내세워? 쌍둥이 형 하나 잡아먹었으면 곱게 조용히 지낼 것이지, 뭐 하러 기어 나온 거야? 사람 피곤하게.”

데릭이 테이블로 걸어가더니 컵을 들고 벌컥벌컥 맥주를 들이켰다. 얼마나 급히 마셨는지 입가로 일부가 주룩 흘러내렸다.

탁!

그가 손등으로 거칠게 입 주변을 닦으며 맥주잔을 내려놓았다.

“하아! 어떻게 물러나게 하지? 거참 골치 아프네. 별 게 다 속 썩이고 지랄이야.”

욕설을 뱉으며 주위를 왔다 갔다 하는 데릭의 모습은 조금 전 바율과 함께 있던 때와 표정이며 말투가 완전히 달랐다. 얼굴을 보지 못했다면 다른 사람이라고 착각했을 만큼 굉장히 사납고 난폭했다. 선하게 생긴 인상과는 달라도 너무 달랐다.

“꼬꼬마 어린애인 줄로만 알았는데, 제법이란 말이지…….”

작업 시간을 들먹이며 벨고프스키를 추궁하던 바율을 보고 데릭은 내심 깜짝 놀랐었다. 아카데미에서 뭘 배웠는지는 몰라도 이전의 병약했던 이미지가 한 방에 사라지는 순간이었다.

잠깐 사이지만 그리 만만한 상대가 아님을 바로 깨우쳤다. 녀석은 한다면 할 것이다. 의심을 사지 않으려면 대비를 해야 했다.

"데릭 도련님, 저 왔습니다."

기어들어 가는 목소리와 함께 문을 열고 들어온 것은 광산의 책임자인 벨고프스키였다. 그가 죄인처럼 고개를 푹 숙인 채 더듬더듬 걸어왔다. 그와의 거리가 가까워질수록 데릭의 눈빛이 차갑게 가라앉았다.

그렇게 얼마나 지났을까.

분을 삭이지 못해 맥주만 마셔 대던 데릭이 드디어 입을 뗐다.

"무슨 수작이야?"

"…예?"

갑작스러운 데릭의 물음에 벨고프스키가 둥그런 눈을 들었다.

"지금 나 엿 먹이려는 거지? 그치?"

"도, 도련님…… 그것이 당최 무슨 말씀이신지……."

"바율에게는 왜 알렸는데? 본성에 연락을 넣은 이유가 대체 뭐야?"

"그거야 당연히 폭발 사고로 오십 명이 넘는 인부들이 갇혔으니 본성의 도움이……."

“그게 뭐? 광산에서 일하다 보면 충분히 날 수 있는 사고 아닌가? 다들 그 정도 각오는 하고 일하는 거 아니었어?”

모자란 인부는 다시 모집하면 그만이었다. 광물 채취가 조금 늦어지긴 했겠으나, 그 편이 작금의 상황보다는 훨씬 나았을 것이다.

“나한테만 전했어도 됐잖아. 그러면 간단하게 묻을 수 있었는데, 이게 뭐냔 말이야! 내일 아침 바율한테 뭐라고 설명할 건데? 어?”

“…수면 부족으로 인해 인부들의 집중도가 떨어져서 난 사고입니다. 바율 도련님께 솔직하게 고백하고 용서를 구하면 되지 않겠습니까?”

“둔한 거야, 멍청한 거야? 그러면 바율이 ‘아, 그랬군요’ 하고 끝내겠어?”

사고의 원인을 찾겠다고 이리 쑤시고 저리 쑤시고 다닐 게 뻔하다. 그러다 데릭이 연관된 것을 알게 되면 아버지는 물론 란데르트 공작에게도 알려지는 것은 시간문제였다. 그것만은 피해야 한다.

“내가 절대 안 걸리게 잘하라고 했지?”

“…그간의 일에 관해선 광산의 누구도 알지 못합니다. 도련님께서 당부하신 대로 저와 몇몇 인부만이 아는 사안입니다. 다들 입이 무거운 자들이니, 그 점에 대해서라면 염려 놓으십시오."

"새벽 4시에 일한 이유는 뭐라고 설명할 건데?"

"그건…… 수익을 올리기 위해 작업량을 늘린 거라고 둘러대면 되지 않을까요?"

"큰아버지의 명도 없이 당신 멋대로 말이지?"

데릭의 비아냥거림에 벨고프스키는 대꾸할 말을 잃었다. 광산이 무너진 순간부터 후회했다. 아무리 돈이 급했어도 데릭 도련님의 말을 듣는 게 아니었는데, 스스로 자신의 발등을 찍은 꼴이었다.

"딸내미는 시집가서 잘 살고 있나?"

"……!"

데릭의 뜬금없는 질문에 벨고프스키가 흠칫 몸을 떨었다.

"왜 그렇게 놀래? 딸내미 결혼 자금 때문에 날 돕기로 한 거 아니었어?"

잠시 가만히 벨고프스키를 바라보던 데릭이 선심 쓰듯 제안했다.

"사위가 하는 사업이 잘 안 된다지? 내가 스네이프 거리에 점포 하나를 가지고 있어. 그걸 자네에게 줄까 하는데…… 어때? 생각 있나?"

"…저, 점포 말입니까?"

"어, 한 50평이면 될까? 뭐든 시작하면 밀어줄 의향도 있고."

스네이프 거리라면 해밀턴 시내에서도 가장 노른자 땅이었다. 그곳에 그 정도 규모의 점포라면 한 달에 벌어들이는 수익만도 엄청날 것이다. 갑자기 그런 걸 왜 주신다는 것인지 두려운 한편 탐욕스러움이 꿈틀거린다.

"대신 조건이 있어."

꿀꺽.

벨고프스키가 긴장감에 침을 꿀꺽 삼켰다.

"내일 아침 바율이 찾으면 이렇게 말해. 영주님의 은혜에 보답하고자 무리를 했다고."

"…무리요?"

"그래, 좀 전에 자네가 한 말과 비슷해. 수익을 올리기 위해 작업량을 늘린 거야. 오로지 영주님에 대한 충성심으로 자네 혼자서 말이지."

"…저 호, 혼자서요?"

벨고프스키는 어디까지나 데릭의 명으로 그리 움직였다고 말할 참이었다. 그것조차 많은 것을 양보한 것인데, 어찌 이러신단 말인가.

"망할 비 때문에 엉망인 곳이 한두 군데가 아니야. 그것들을 처리하느라 돈이 어마어마하게 들고 있다고. 여기 얼음 광산이 해밀턴의 주 수입원이라는 걸 설마 자네가 모르진 않겠지?"

"예에…… 당연히 압니다."

"바로 그거야! 시의 일 처리에 돈이 많이 필요할 테니까, 자네가 나선 거지. 아마 그 말을 들으면 큰아버지께선 감동하실걸?"

벨고프스키의 얼굴이 하얗게 질렸다.

"지, 지금 혹시 제게 모든 책임을 떠안기시려는 겁니까?"

"떠안기다니? 난 자네에게 기회를 주는 거야. 큰아버지께 칭찬도 듣고, 나한테 점포도 얻고. 일석이조 아닌가?"

"광산이 무너졌습니다. 다행히 사망자는 없지만 많은 인부가 다쳤고요. 영주님께서 돌아오시면 저는 칭찬을 받기는커녕 감옥에 가야 할지도 모릅니다."

평소엔 영지민들을 제 몸처럼 여기시기는 하나, 잘못을 했을 시엔 가차 없는 분이시기도 했다. 이번 일에 대한 책임을 면하기는 어렵겠지만, 그렇다고 혼자서 모든 걸 짊어지고 싶지는 않았다.

"저는 데릭 도련님께서 시키시는 대로 한 죄밖에는 없습니다. 그런 제게 어찌 이러십니까?"

"지금 감히 날 원망하는 건가?"

"…그런 것이 아니오라, 데릭 도련님께서 도둑질을 시키지만 않으셨어도……."

"도둑질이라니? 내가 언제 도둑질을 시켰다는 거야?"

"광물을 빼돌리는 것이 도둑질이 아니면 무엇입니까? 적은 양도 아니지 않습니까? 그 때문에 새벽까지 일을 하다가 이 꼴이 난 것인데, 저희들에게 떨어지는 금액은 고작……."

"닥치지 못해!"

데릭이 일갈하며 손을 쳐들었다. 그가 눈알을 부릅뜨며 벨고프스키를 향해 강하게 손을 내리쳤다.

'으윽!'

벨고프스키는 눈을 질끈 감았다. 처음 있는 일도 아니다. 맞는 거라면 이미 이골이 날 대로 나 있었다.

콰앙!

그런데 갑자기 창문이 덜컹하며 활짝 열렸다. 강한 비바람이 실내로 들이닥쳐 근처에 있던 데릭의 몸을 덮쳤다.

"으앗! 뭐야, 이게!"

한순간에 물에 빠진 생쥐 꼴이 되었다. 데릭이 팔을 치켜든 채로 거친 욕설을 내뱉었다.

"제기랄! 건물 관리를 어떻게 했기에 창문이 제멋대로 열려? 너, 일부러 그런 거지?"

"아, 아니요! 전혀, 절대 아닙니다! 제가 감히 어찌 그런 짓을 벌이겠습니까! 소인은 그럴 만한 깜냥도 없습니다요!"

"이 꼴 안 보여? 당장 수건이나 갖고 오란 말이야!"

"예? 예! 잠시만 기다리십시오!"

벨고프스키가 황급히 욕실로 뛰어가 수건을 가져왔다. 그것을 빼앗듯 쥐어 든 데릭이 신경질적으로 몸에 묻은 빗물을 닦아 냈다.

벨고프스키는 재빨리 달려가 창문을 닫았다. 그새 바닥이 물기로 흥건했다. 빨리 닦지 않으면 얼룩이 질 것이다. 그가 다시 욕실에서 걸레를 들고 뛰어와 바닥을 훔쳤다.

"젠장, 새 옷도 없는데 이게 무슨 꼴이람!"

급하게 온다고 옷을 미처 챙겨 오지 못했다. 그렇다고 아랫것들이 입는 옷을 입을 수도 없으니 오늘 밤은 이불을 둘둘 말고 자야 할 것이다. 정말이지 짜증 나는 밤이었다.

"어디까지 얘기했지?"

대충 물기를 털어 낸 후 데릭이 소파로 가 앉았다.

"내가 자네에게 기회를 주겠다는 말까지 했던가?"

걸레를 손에 든 채 우물쭈물하는 벨고프스키를 향해 데릭이 타이르듯 말했다.

"억울한 마음 충분히 이해해. 하지만 생각을 잘해 보라고. 어차피 우린 공범이야. 하지만 난 조카고 자네는 그냥 영지민이잖아? 설마 큰아버지께서 친조카인 나를 처벌하시겠나?"

"……."

"어차피 자네만 그리될 거, 내가 도와주겠다잖아. 전부 자네 혼자 저지른 일이라고 말만 해 주면, 아까 말한 점포는 물론 이걸 얹어 주지."

데릭이 손목에 차고 있던 금팔찌를 풀어 벨고프스키의 눈앞에 대고 흔들었다.

"이게 얼마짜리인지는 굳이 말 안 해도 자네라면 잘 알 거야."

광산의 책임자로 꽤 긴 시간을 보냈다. 금값을 그가 어찌 모르겠는가. 벨고프스키의 눈이 또다시 탐욕으로 번들거렸다. 데릭은 그가 무엇을 원하는지 항상 귀신같이 알아차렸다.

"그럼, 거래는 성립된 건가?"

"……."

"왜 대답이 없지? 이거 다시 넣을까?"

데릭이 팔찌를 도로 차려는 행동을 취하자 벨고프스키가 덥석 그 손을 잡았다.

"아닙니다! 하겠습니다!"

까짓것 감옥에서 잠시 썩으면 뭐 어떤가. 제법 큰 사고였으나 죽은 사람은 없었다. 영주님을 위해 한 것이라 고하면 분명 정상 참작을 해 주실 것이다.

잠시만 버티면 된다. 딸은 그에게 유일한 가족이었다. 녀석과 사위가 행복해질 수만 있다면 그 정도는 이겨 낼 수 있었다. 출소 후에 그려질 미래만 생각하자.

"술이나 가져와."

벨고프스키가 마음을 정하자 데릭은 한숨을 돌렸다.

'멍청하기는.'

말로만 내뱉은 약속을 지킬 거라고 믿는다는 것 자체가 자신의 미련함을 내보이는 행동이었다.

'이래서 아랫것들은 다루기가 편하다니까.'

바율이 해결을 보겠다고 했으니, 내일 아침 일찍 녀석에게 대충 일을 설명한 후에 이곳을 뜰 예정이었다. 그 전까지는 술이 더 필요했다.

―호오? 그렇게 된 거였어?

데릭의 맞은편에서 다리를 꼬고 앉아 모든 걸 지켜본 템페스타가 한쪽 입꼬리를 올렸다.

―바율의 사촌 형이라더니 되게 못된 인간이네. 바율이 알면 슬퍼하려나?

잠시 그런 생각이 들긴 했지만, 템페스타가 보기에 그냥 지나칠 문제가 아니었다. 지금 본 사실을 빨리 말해 주고 싶었다. 녀석이 입가에 미소를 문 채 바율에게로 쌩 날아갔다.

—바율! 바율! 내가 있잖아, 뭘 들었냐면 말이야!

템페스타가 다급히 바율의 처소로 들이닥친 순간이었다.

"뭐, 뭐라고? 그 보석이 어디서 나온 거라고?"

바율이 스피넬을 향해 떨리는 목소리로 무언가를 묻고 있었다. 그런 그의 표정이 너무 심각해서 템페스타가 말을 붙일 분위기가 아니었다.

—왜 그래? 무슨 일이야?

템페스타가 이노센트 곁으로 날아와 속닥이듯 물었다. 무슨 큰일이라도 터진 건지 땅속에 있던 셰임까지 올라와 있었다.

—조용히 해 봐. 중요한 순간이라고.

—우 씨, 설명 좀 해 주면 어디가 덧나냐? 내가 어디 갔다 왔는지 알지도 못하는 이 물귀시……!

이노센트가 노려봄과 동시에 템페스타가 입을 다물었다. 절대 녀석이 무서워서가 아니었다. 바율에게 싸우지 않겠다고 약속한 것이 떠올랐을 뿐이다. 게다가 이런 상황에서 자신들끼리 다퉜다가는 바율이 또다시 잔뜩 화가 날지도 모른다. 조심해야 했다.

"스피넬, 제대로 설명해 줄래?"

바율이 절박한 눈빛으로 스피넬을 바라보며 요청했다.

—아 씨, 이럴 줄 알았으면 안 나갈걸. 괜히 나갔다 왔잖아. 나도 완전 중요한 거 듣고 왔는데 말도 못 하고.

템페스타가 억울함에 입술을 삐죽 내밀었다. 바율에게 칭찬받을 거란 기대를 품고 왔건만, 스피넬이 다 망친 것 같아 원망스러웠다.

—중요한 거라니? 뭔데, 그게?

—됐어. 자기는 말도 안 해 주면서 나한테는 왜 물어봐?

—삐쳤냐?

—아니거든.

—삐친 거 같은데…… 말해 줄까?

템페스타가 1초의 망설임도 없이 고개를 돌려 이노센트와 시선을 맞췄다. 말해 보라는 뜻이었다.

—잘 들어. 이게 어떻게 된 거냐면 말이야.

2.

"스피넬."

데릭이 방을 나서자마자 바율이 진지하게 스피넬을 불렀다. 그는 진정 깜짝 놀랐다. 순하디순한 줄로만 알았던 스피넬이 갑작스레 사람을 공격하자 가슴이 철렁했다.

—응, 바율.

그런 바율의 속을 일절 모르는지 스피넬이 커다란 붉은 색 눈을 깜박이며 바율을 올려다봤다.

'아, 속으면 안 돼. 좀 전의 일을 잊으면 안 돼.'

작은 불꽃이었지만 정령의 힘이 담긴 것이었다. 불이란 물이나 바람과는 달라서 사람의 피부에 닿는 것만으로도 화상을 입힐 뿐 아니라, 자칫 했다가는 큰 사고로 번질 수도 있었다. 다시는 이런 일이 벌어지지 않도록 따끔하게 말해야 했다.

"불로 장난치는 그런 짓, 다시는 하지 마. 그건 절대 해서는 안 되는 일이야."

—왜에?

"그야 사람을 다치게 할 수도 있었으니까."

—바율을 힘들게 했잖아. 나쁜 자들이야!

"아니, 그건 아직 몰라. 뭔가 수상하긴 하지만 밝혀진 것은 아무것도 없어."

—그렇지만 바율이 속상해했는걸? 난 다 알아.

"그래, 기분이 좋지 않긴 했지. 그렇다고 그게 저들의 잘못은 아니야. 나 혼자 느낀 거지."

—왜 잘못이 아니야? 바율이 그들 때문에 기분이 상했는데?

"그러니까 스피넬, 내 말은 약간 의심만 간다는 거야. 사실은 모르는 거라고."

—그건 나한테 중요하지 않아.

"…뭐?"

—바율을 곤란하게 했잖아. 난 그게 싫은 건데?

스피넬은 주장을 굽히지 않았다. 녀석의 엄청난 단호함에 바율은 한순간 멍해졌다.

대체 첫 만남의 상냥하고 이해심 많던 스피넬은 어디로 갔단 말인가?

방긋방긋 웃는 얼굴을 보고 사교성이 좋을 거라 짐작했건만, 완벽한 오판이었다. 이건 거의 벽과 마주하고 얘기하는 느낌이었다. 대화가 통하질 않는다.

"후우."

바율은 답답한 마음을 가라앉히고자 심호흡을 했다. 말리면 안 된다. 녀석을 어떻게든 설득해야만 했다. 같은 일이 반복되면 안 될 테니까.

"저기, 스피넬."

—응?

"내가 기분이 안 좋거나 슬프더라도 말이야. 내가 원하는 대로 해 줄 수는 없어?"

—바율이 원하는 대로?

"응. 스피넬이 날 위한다는 건 알지만, 가만히 있는 게 오히려 도와주는 것일 수도 있거든."

—어째서?

"말했다시피 사람이 다칠 수도 있고 놀라게 되잖아. 그건 좋은 게 아니야."

—바율은 다치지 않았잖아.

"…어?"

—난 바율만 괜찮으면 되거든. 그 외는 관심 없어.

깜찍한 얼굴로 생글거리며 대답하는 스피넬을 보자니 바율은 뒤통수를 얻어맞은 듯했다.

"나만 괜찮으면 된다고?"

—응!

"다른 사람들은 어떻게 되든 상관없고?"

—물론이지.

"……!"

절로 말문이 막혔다. 완전히 잘못 보았다. 녀석을 훈계한 후에 후안 사제를 만나러 갈 참이었는데, 바율은 다리에 힘이 풀려 소파에 주저앉았다.

이제 알겠다.

스피넬은 착한 게 아니었다.

녀석의 친절함과 상냥함은 오로지 '바율 한정'이었다.

그것을 깨닫자 바율은 소름이 돋았다. 무어라 말을 해야 할지 떠오르는 것이 없었다. 대관절 녀석을 어떻게 설득시켜야 할지 머릿속이 하얗다. 어떤 면에선 다루기 가장 힘든 상대였다.

'역시 쉬운 게 하나도 없구나.'

친구들에게 하루라도 빨리 자랑하고픈 마음이었는데, 그런 기대는 쏙 들어갔다. 갑자기 울적한 기분이 든다.

—바율, 슬퍼? 왜 슬퍼?

바율의 감정을 읽고 스피넬이 걱정스러운 얼굴로 다가왔다. 그게 차마 스피넬 너 때문이라고 말할 수는 없어 바율이 망설일 때, 이노센트가 고개를 저으며 끌끌 혀를 찼다.

—넌 그것도 몰라?

—뭐?

—네가 말이 안 통해서 그런 거잖아. 왜 그렇게 말을 못 알아들어? 머리 나쁜 거 티 내니?

—내가 뭘 어쨌다고 그래?

—넌 옛날부터 그랬어! 게을러터져 가지고 그런 데서 잠이나 쳐 자고! 아까 말을 안 해서 그렇지, 너 때문에 우리가 얼마나 황당했는지는 알아?

새삼 다시 생각하니 열이 올랐는지 이노센트의 목소리가 커졌다.

—바율이 그 사람들을 구하려고 얼마나 애를 썼는데, 네가 다 망칠 뻔했잖아! 아까만 생각하면 내가 진짜 울화통이 치민다!

—아, 그건 미안해. 오랜만에 용암이 날 불러서 어쩔 수가 없었어.

—용암이 불렀다고, 너를?

—정확히는 용암 속에서 이 귀걸이가 나를 불렀지.

스피넬이 활짝 웃으며 자신의 귀를 가리켰다. 그에 이노센트가 와락 인상을 구겼다.

—지금 너 귀걸이 찼다고 자랑하는 거야? 그딴 귀걸이, 하나도 안 예쁘거든!

사실 말은 그렇게 했지만, 아까부터 스피넬의 귀걸이가 무척이나 신경 쓰이던 이노센트였다. 장신구를 한 번도 해보지 않았기에 스피넬이 한 걸 보자 자기도 하나쯤 갖고 싶어진 것이다.

—나 자랑하는 거 아닌데. 그냥 말하는 건데.

—거짓말하지 마. 다 티 나거든? 나 귀걸이 없다고 무시하는 거잖아!

—아니라니까? 나도 이번에 생긴 건데, 왜 널 무시하니? 용암 속에서 자고 일어나니까 저절로 이 귀걸이가 걸려 있었던 거란 말이야! 우 씨, 나한테 왜 그래?

계속되는 이노센트의 공격에 스피넬의 표정도 굳어졌다. 감정이 격해진 그녀가 버럭 고함을 치자 별안간 불길이 확 치솟았다.

“스, 스피넬!”

그 갑작스러운 열기에 힘이 쭉 빠져 있던 바율이 깜짝 놀라 벌떡 일어섰다. 불길은 바율의 부름에도 가라앉지 않았다. 가만히 뒀다간 건물까지 태울 기세였다.

“스피넬, 멈춰. 여기서 이러면 안 돼!”

바율이 잇달아 제지했지만 소용없었다. 불길은 점점 거세져만 갔다.

“맙소사, 카펫이…….”

카펫의 끄트머리가 거멓게 타들어 가기 직전이었다.

촤아악!

이노센트가 코웃음을 치며 물벼락을 뿌렸다. 완전히 불길이 사그라지지는 않았지만, 덕분에 열기는 한풀 꺾였다.

—바로 조금 전에 자랑질해 놓고 아닌 척 발 빼면 뭐가 달라지니? 하핫, 진짜 웃기네.

—부러우면 너도 물의 정원에 가면 되잖아! 거기에도 있는 걸 왜 나한테 자꾸 이래?

—…물의 정원?

—네가 물의 정원을 제일 좋아하는 것처럼, 나도 용암

속을 제일 좋아하거든? 너도 갖고 있으면서 왜 나한테만 뭐라고 하는 건데?

—뭐라는 거야? 물의 정원에 뭐가 있는데?

—돌덩이 같은 거 있잖아! 비석 같은 거!

—그게 뭐?

—이 귀걸이, 그런 돌에서 나온 거거든?

—…돌에서 나와?

—그래! 용암에 녹아서 귀걸이가 된 거란 말이야. 뭘 잘 알지도 못하면서 성질이야!

—바율! 바율! 내가 있잖아, 뭘 들었냐면 말이야!

스피넬이 연이은 억울함을 토로하는 그때였다. 데릭의 방에서 정찰(?)을 마친 템페스타가 훅 들이닥쳤다.

"뭐, 뭐라고? 그 보석이 어디서 나온 거라고?"

그리고 그 순간 바율은 떨리는 음색으로 스피넬에게 물었다.

"스피넬, 제대로 설명해 줄래?"

바율의 간절함에 잠시 당황한 듯 스피넬이 머뭇거리다가 대꾸했다.

—용암 속에 있던 비석에서 나왔어. 난 그냥 그걸 꼭 끌어안고 잤을 뿐인데, 깨어나 보니까 돌은 사라지고 웬 귀걸이가 이렇게 귀에 달려 있더라고.

스피넬이 해명하듯 계속 말했다.

—바율, 캐링스턴엔 내가 쉴 만한 곳이 없어. 내가 편해질 수 있는 공간은 여기에 있거든. 돌아와서 내가 얼마나 기뻤는지 알아?

너무 좋은 나머지 긴장이 풀어져 깊은 잠에 빠진 게 문제라면 문제였다. 스피넬도 용암을 깨울 생각은 전혀 없었다.

"혹시 그 돌이라는 게 나와 비슷한 느낌이야?"

—응! 똑같아!

이노센트가 했던 말과 같았다.

"…정령석이야!"

다른 것을 떠올릴 수 없었다. 바율은 황급히 스피넬을 붙잡고 다시 물었다.

"스피넬! 그 귀걸이가 그 돌, 그러니까 내가 정령석이라고 말하는 돌에서 나왔다는 거지? 그 돌이 용암에 녹아서 귀걸이가 된 것이고?"

—맞아!

바율의 시선이 스피넬의 귀걸이에 가 멎었다. 이제야 알겠다. 왜 그렇게 저 귀걸이가 신경이 쓰였는지. 다른 정령들과 달리 스피넬만 귀걸이를 차고 있던 것도 이상했는데, 정령석과 연관이 있었던 것이다. 자세히 보고 싶었다.

"혹시 실례가 아니라면, 내가 그 귀걸이 좀 자세히 볼 수 있을까?"

—얼마든지.

뭐든 해 보라며 스피넬이 바율 앞으로 훅 날아왔다. 다행히 불기운은 완전히 사라진 이후였다.

바율은 몸을 숙이고 귀걸이를 들여다봤다. 크기가 다른 두 개의 붉은 보석이 금속으로 연결된 채 녀석의 귓불 밑에서 흔들거렸다.

'이게 돌이었다고?'

바율은 천천히 손을 들어 스피넬이란 보석을 만져 보았다. 녀석이 불의 정령이기 때문일까. 따듯한 온기가 손끝에 전해지며 갑자기 찌르르한 통증이 바율을 휘감았다.

'뭐, 뭐지?'

설명할 순 없지만 뭔가 기분이 이상했다. 이건 마치 보석과 그의 몸이 어떤 신호를 주고받는 듯한 느낌이었다.

'왜 이런 기분이 드는 거지?'

바율이 의문에 휩싸이는 그때였다. 갑자기 엄청난 불빛과 함께 실내가 화염으로 뒤덮였다. 거대한 불기둥이 스피넬을 중심으로 솟구치며 천장과 벽을 지나 건물 전체를 에워쌌다.

순식간에 화마가 바율을 집어삼켰다.

하지만 바율은 그 어떤 뜨거움도, 두려움도 느끼지 못했다. 남들이 보면 이상할 만큼 온전했다. 일전에 이노센트의 도움으로 물의 정원의 호수에 들어갔을 때와 비슷했다.

"누, 누구?"

그러나 제일 놀라운 건 갑작스레 등장한 눈앞의 존재였다.

열다섯, 열여섯 정도 되었을까?

뜨거운 불기둥 안에서 한 소녀가 바율을 보며 웃고 있었다. 그녀의 귀에는 조금 전 스피넬이 차고 있던 것과 똑같은 귀걸이가 달려 있었다.

"서, 설마…… 스피넬?"

—네, 왕이시여. 정식으로 다시 인사 올립니다. 불의 중급 정령, 스피넬입니다.

모습이 변하더니 인격도 변한 건가?

갑작스러운 존칭도 모자라 정중하기 이를 데 없는 스피넬의 모습에 바율은 한동안 말을 잇지 못했다. 그 탓에 그녀가 자신을 무어라 칭하였는지도 인지하지 못했다.

〈다음 권에 계속〉

4컷 만화

정령의 펜던트

보너스 4컷 만화

빅피

아들의 친구들

어째 외모들이….

팬의 마음

내가 했지롱

웃기게 하지 말아줘

DREAMBOOKS★

DREAMBOOKS

DREAMBOOKS★

DREAMBOOKS